DREI MÄNNER FÜR BIANCA

SMS HIT HAPPY END
BUCH FÜNF

SARWAH CREED

ÜBER DREI MÄNNER FÜR BIANCA

Bianca Young und ihr Vater haben versucht, uns zu hintergehen. Sie wollten meine Familie für dumm verkaufen, aber jetzt werden sie herausfinden, was drei Kerle wie wir mit ihrem wunderschönen Körper anstellen können.

Sie lief über den Campus, als wäre sie in ihrer eigenen Welt, aber wenn wir mit ihr fertig sind, wird sie um Gnade winseln. Wir werden sie ausziehen und ihr den Hintern versohlen, bis sie ganz feucht ist. Wir werden ihr zeigen, was es heißt, unsere Familie zu bestehlen.

Wir werden sie dazu bringen, mit jedem Orgasmus unsere Namen zu schreien, bevor wir mit ihr fertig sind.

Niemand legt sich mit der Russo Familie an und kommt ungestraft davon.

Niemand.

Anmerkung der Autorin: Bitte beachten Sie, dass diese Serie Szenen enthält, die nicht für alle Leser geeignet sind. In der

Geschichte geht es um eine Frau mit mehreren Männern. Außerdem enthält sie einige dunkle Szenen mit Glücksspiel und Alkohol. Wenn Sie solche Themen mögen, dann ist dieses Buch perfekt für Sie!

KAPITEL 1

BIANCA

„Dad, ich habe keine Lust auf ein Abendessen. Ich habe so viel zu tun", sagte ich schmollend am Telefon und fragte mich, in welche Schwierigkeiten er sich nun schon wieder gebracht hatte. Ich wusste, dass das der einzige Grund war, weshalb er angerufen hatte.

Er brauchte Geld. Er brauchte immer Geld.

„Hör mal, dieses Geschäft muss klappen. Wenn dieses Abendessen nicht stattfindet, dann weiß ich nicht, wann Dante wieder in der Stadt sein wird. Seine Drillinge sind im gleichen Jahr wie du in Yale ... du müsstest sie kennen." Seine Worte hörten sich stotternd an. Ich fragte mich, ob die Verbindung so schlecht war, oder ob er Angst hatte.

„Wer?", fragte ich. Es gab Tausende von Studenten in Yale … wie konnte er nur glauben, dass ich alle von ihnen kennen musste?

Ich hatte keine Zeit für dieses Gespräch. Morgen war Freitag, und ich musste das Thema für meine Abschlussarbeit einreichen. Es war schon fast Abend und ich hatte immer noch keine Idee.

„Ich weiß es nicht. Ihre Namen fangen mit A an. Wie schwierig kann das schon sein, mit italienischen Namen? So was wie Alessandro, und …"

„Adolfo", sagte ich und füllte die Lücke, als er versuchte, sich an den zweiten Namen mit A zu erinnern. Ich kannte die Typen tatsächlich.

Ich setzte mich an meinen Schreibtisch, als mir klar wurde, dass die Situation schwierig war. Es war keine gute Idee, mit den heißesten Typen auf dem Campus zum Abendessen auszugehen. Sie hatten nur eine Sache im Kopf – Sex, Sex und noch mehr Sex.

Sie hatten sich einen besonderen Ruf

erworben. Wenn man flachgelegt werden wollte, dann wandte man sich an sie. Aber, wenn sie dich abwiesen – was sie in siebenundfünfzig Prozent aller Fälle taten – dann stimmte etwas mit dir nicht. Kein Mädchen wollte mehr etwas mit dir zu tun haben, weil du einen schlechten Ruf hattest, und kein Kerl würde dich mehr wollen. Verdammt, wenn du nicht gut genug für die Drillinge warst, dann warst du nicht gut genug für jeden anderen.

Sie waren arrogant. Sie gaben ständig mit ihrem Geld an und zückten ihre Goldkarten im Two Sheets Laden, der Bar, in der ich arbeitete und wo sie ihre neueste Eroberung wie eine Königin behandelten. Alle würden sie anbeten, weil sie eine der fünfundzwanzig Prozent war. Sie war wirklich etwas Besonderes.

Ich hatte keinen blassen Schimmer, warum Mädchen sich überhaupt dieser Tortur unterwarfen. Ich dachte, ich hätte diesen ganzen Quatsch mit der Highschool hinter mir gelassen – die gemeinen Mädchen – aber nein. Als ich nach Yale kam, entdeckte ich, dass es hier noch schlimmer war. Die

Leute konnten im schlimmsten Fall sehr grausam sein.

„Gut! Du kennst sie!", freute sich mein Vater.

Ich schüttelte den Kopf, obwohl er mich nicht sehen konnte. „Nein, ich habe nur von ihnen gehört. Ich habe keinen Kontakt zu ihnen. Auf keinen Fall werde ich mich mit diesen drei Kerlen an einen Tisch setzen. Sie machen mich krank."

„Warum? Ich habe gehört, dass sie alle Spitzensportler sind. Einer spielt Baseball, einer Basketball, und einer Football. Frag mich nicht, wer was spielt. Ich versuche immer noch, mich an den Namen des Dritten zu erinnern … aber egal, das ist nicht wichtig. Du musst nur lächeln und freundlich sein, das ist alles. Wenn Dante auf das Geschäft eingeht, dann ist das die Lösung für alle unsere Probleme."

Ich seufzte, als ich mich herumdrehte und in den Spiegel auf der anderen Seite des Zimmers blickte. Mein Pony, so wie auch der Rest von mir, brauchte dringend ein bisschen Aufmerksamkeit und Pflege. Ich hatte dunkle Ringe unter den Augen. Ich war so mit meiner Arbeit und dem allgemeinen Stress im letzten Collegejahr beschäftigt gewesen, dass ich mich gar nicht daran erinnern konnte, wann ich mich das letzte Mal so richtig aufgebrezelt hatte oder überhaupt zu einem tollen Essen ausgegangen war, also brauchte ich auch dringend etwas zum Anziehen.

„Ich bin fast fünf Jahre mit dir herumgezogen und habe immer wieder diesen gleichen Satz gehört", sagte ich und hasste mich selbst dafür, ihm so die Wahrheit ins Gesicht zu schleudern. Aber es verletzte mich, dass er nicht einfach mal anrufen konnte, um meine Stimme zu hören oder nur zu fragen, wie es mir ging. Immer wollte er etwas. Es hätte mich eigentlich nicht mehr überraschen sollen, aber es tat immer noch weh.

„Bianca, wir müssen umziehen. Ich stecke in Schwierigkeiten …"

So war es, mit ihm zu leben. Er tauchte plötzlich in meiner Schule auf, um mich abzuholen und dann wusste ich sofort, dass sein Leben in Gefahr war. Ich hatte bereits meine Mutter durch Krebs verloren, und ich wollte nicht auch noch meinen Vater verlieren, dachte ich immer, aber irgendwann musste es auch mal genug sein.

Meine Großmutter hatte versucht, ihm zu helfen. Sie hatte ihn zu einem Entzug in einer Rehabiliationseinrichtung überredet, um seine Spielsucht behandeln zu lassen. Es schien ihm auch ein bisschen besser zu gehen, als er wieder herauskam … aber dann wurde es nur noch schlimmer. Er versetzte alles, was Omi besaß. Er nahm ohne ihre Erlaubnis eine Hypothek auf ihr Haus auf und stahl ihr jeden Cent, den sie hatte.

Er musste nur an einem Kasinoschild vorbeifahren oder in einem Film sehen, wie online Poker gespielt wurde und er würde wieder spielen, wie eine Katze, die einem Neonlicht hinterherjagt. Es gab keine Chance, dass er aufgab. Er war total süchtig nach dem Rausch des Spiels.

Omi lebte inzwischen bei Onkel Floyd in Rhode Island und würde auch dort bleiben. Sie zeigte meinen Vater nicht an und sagte auch nichts zu der Bank, als man ihr das Haus abnahm.

Dad stritt sich häufig mit Onkel Floyd, der eine große Maklerfirma besaß. Er beschuldigte ihn, dass er geizig sei und ihm nicht half, wenn er in Schwierigkeiten war. Als meine Mutter noch lebte, hatte sie mir erzählt, dass Onkel Floyd meinem Vater immer wieder aus der Patsche geholfen hatte, aber irgendwann hatte er es aufgegeben und sich von ihm abgewandt. Er war zwar der jüngere Bruder, aber das hieß ja nicht, dass er sein Leben wegen Dad ruinieren musste.

Onkel Floyd hatte mir angeboten, dass ich jederzeit zu ihm kommen könnte. Dieses Angebot hatte ich angenommen, als ich sechzehn wurde. Hätte ich das nicht getan, dann wäre ich ständig weiter mit meinem Vater herumgezogen.

Zuerst hatte es ja noch Spaß gemacht. Es war ein Abenteuer, von Ort zu Ort zu ziehen, aber als ich älter wurde, wurde mir klar, dass ich keine Freunde und kein Zuhause hatte, und dass es für den Rest meines Lebens so bleiben würde. Als ich zu Onkel Floyd zog, redete Dad nicht mehr mit mir und behauptete, ich hätte ihn im Stich gelassen.

Onkel Floyd ist immer sehr gut zu mir gewesen. Er zahlt meine Studiengebühren und meinen Lebensunterhalt, aber ich finde es schrecklich, dass ich so abhängig von ihm bin – er hat schon so viel für mich getan, dass es das Mindeste ist, was ich tun kann, zu versuchen, mir ein bisschen selbst zu helfen. Das Leben wurde jedes Jahr teurer, also habe ich angefangen, im Two Sheets, einer Studentenkneipe zu arbeiten, damit ich ihn nicht so viel Geld koste.

Ich wartete geduldig, ob Dad noch etwas sagen würde, damit ich mit gutem Gewissen auflegen konnte. Wir hatten seit fünf Jahren nicht mehr miteinander gesprochen, und nun kam völlig unerwartet dieser Anruf, als hätte er nie all die hässlichen Dinge zu mir gesagt, als ich ihn damals im Motel zurückließ.

„Bianca, ich verspreche dir, das ist das letzte Mal." Er fing an zu schluchzen. Ich hasste es, wenn er weinte. Damit klopfte er mich jedes Mal weich, und ich wusste, dass ich es nachher bereuen würde.

Ich legte den Kopf in den Nacken und atmete tief durch. Ich wusste, dass ich die Worte, die ich gleich sagen würde, für den Rest meines Lebens bereuen würde.

„Okay. Wann und wo findet das Essen statt?"

Er lachte. „Mach dir darüber keine Gedanken."

Dann klopfte es an der Tür. Er war die ganze Zeit schon im Flur gewesen. Woher wusste er, wo ich wohne?

„Dad?", fragte ich, während ich die Tür öffnete, mein Telefon noch in der Hand. Zuerst erkannte ich ihn kaum. Es waren erst fünf Jahre vergangen, aber so wie er aussah, hätten es auch zwanzig sein können. Er hatte kaum noch Haare. Seine dicken, dunklen Locken waren dünnen, grauen Strähnen gewichen.

„Schätzchen, ich wusste doch, dass du Vernunft annehmen würdest", sagte er und nahm mich in die Arme.

Ich hasste mich dafür, dass ich mich zu diesem Abendessen hatte überreden lassen und noch mehr hasste ich ihn dafür, dass er meine Schwäche so gut kannte und ausnutzte.

Am nächsten Tag verbrachte ich eine Stunde damit, mich fertig zu machen, mein Haar zu glätten und meine Fingernägel zu lackieren. In mir stieg ein leiser Verdacht auf, ob ich ein Teil des Geschäfts sein sollte und er mich verkaufen wollte. Dad beruhigte mich, dass das nicht seine Absicht war, aber ich war mir nicht sicher, ob ich ihm glauben sollte.

Irgendetwas war dieses Mal anders, er war sehr viel nervöser als sonst. Und ich war schließlich nicht dämlich – die Flasche „Wasser", von der er immer wieder nippte, als ob sein Leben davon abhinge, war mit Wodka gefüllt.

Ich fragte mich manchmal, ob der Alkohol die Ursache war, dass er spielte, oder ob das Glücksspiel ihn zum Trinken verleitete. Aber eigentlich war das unwichtig – wenn der Alkohol ihn nicht umbrachte, dann würden das die Schläger, die hinter ihm her waren, erledigen.

Ich hatte das Gefühl, dass ich ihn dieses Mal zum letzten Mal sehen würde. Wenn sein Plan aufging, wie er es vorhatte, dann würde er verschwinden. Wenn nicht, dann wäre er tot. Egal, wie es ausging, ich würde mitmachen, denn schließlich war er immer noch mein Vater.

Ich zog mich im Badezimmer um und schlüpfte in das kurze, schwarze, rückenfreie Kleid, das Dad für mich gekauft hatte. Praktischerweise hatte er es schon im Auto gehabt.

„Also sag schon. Wie sehe ich aus?", fragte ich, als ich aus dem Bad kam. Dad trank den letzten Schluck aus seiner Plastikflasche und wirkte enttäuscht, dass sie schon leer war.

„Du siehst wunderschön aus." Er seufzte, als ich mein dunkles Haar aus dem Gesicht strich, das ich in einen Knoten gebunden hatte, mit einigen losen Strähnen, die mein Gesicht umspielten.

„So etwas trage ich eigentlich nie", sagte ich und zupfte am Saum meines Kleides. „Es ist so kurz, dass es kaum meinen Hintern bedeckt. Ich fühle mich, als ob mein ganzer Körper zur Schau gestellt wird."

„Du erinnerst mich an deine Mutter, als wir zum Abschlussball gegangen sind."

Ich schüttelte den Kopf. „Ich habe die Fotos von eurem Abschlussball gesehen.

Mom hätte nie ein so kurzes Kleid angezogen."

Ich hatte keine Ahnung, was es damit zu tun hatte, was ich jetzt trug, aber er laberte weiter, um irgendetwas zu erklären, ohne dass es Sinn ergab.

„Ja, damals trugen alle Mädchen lange Kleider, und man durfte nicht zu viel Fleisch zeigen. Nicht so wie heute … du hast doch zu deinem Abschlussball etwas Ähnliches getragen. Richtig?"

Ich nickte einfach, weil es nicht der Mühe wert war, ihn zu korrigieren. Ich war gar nicht zu meinem Abschlussball gegangen … keiner hatte mich eingeladen und ich wollte nicht als fünftes Rad am Wagen hingehen.

„Du solltest dich öfter so anziehen, statt dich in den Klamotten zu verstecken, die du vorher anhattest."

Dad hatte recht – mir war es eigentlich ziemlich egal, was ich anzog, aber ich bemühte mich, gesund zu leben. Meine Mutter hatte mir immer eingebläut, wie wichtig gesundes Essen war und welche Vorteile es brachte. „In einem gesunden Körper wohnt ein gesunder Geist." Ganz anders als Dad, der wie ein Fisch trank und niemals in seinem Leben Sport getrieben hatte, aber trotzdem keinerlei Gesundheitsprobleme zu haben schien. Manchmal dachte ich, dass es vielleicht doch an den Genen lag – wenn man gute Gene hatte, dann machte es nichts, wenn man Raubbau mit seinem Körper trieb, man konnte den schlimmen Krankheiten trotzdem entkommen. Meine Mutter hingegen hatte Krebs bekommen, und der Gedanke, dass sie mich nie wieder in die Arme nehmen würde, hielt mich oft nachts vom Schlafen ab.

„Lass uns gehen", sagte ich und nahm meine Handtasche. Ich wollte weg sein, bevor Erika, meine Mitbewohnerin, nach Hause kam.

Dad steckte offensichtlich echt in der Klemme. So sehr ich auch versuchte, das alles zu verdrängen, so hatte ich doch tief im Inneren das Gefühl, dass ich Omi und Onkel Floyd hätte anrufen sollen, um ihnen zu sagen, dass er bei mir aufgetaucht war. Sie würden mir sofort helfen. Er hatte Probleme – und zwar große.

KAPITEL 2

BIANCA

Wir wussten sofort, welcher unser Tisch war, als wir das italienische Bistro betraten. Die vier Männer, die dort saßen, waren so laut, dass sie alle Aufmerksamkeit auf sich zogen. Ich hätte das störend gefunden, aber die anderen Gäste schienen es lustig zu finden. Sie winkten ihnen zu und lachten über den Lärm, den sie veranstalteten.

Ich kannte sie. Alessandro, Carlo und Adolfo, sowie ein älterer Mann, der ihr Vater sein musste.

In meinen fast vier Jahren, die ich nun schon in Yale war, hatte ich noch nie mit einem von ihnen gesprochen und es auch nicht vorgehabt. Ich hätte auch kein Problem damit, sie weiterhin wie die Pest zu meiden und damit sehr zufrieden zu sein.

Ich bin sicher, dass ich genauso nervös aussah wie mein Vater, als ich wieder mein Kleid herunterzog. Ich wusste, dass es albern war, denn sobald ich es heruntergezogen hatte, rutschte es sofort wieder hoch. Dennoch hatte ich diese Angewohnheit, in den knapp dreißig Minuten, seit ich es angezogen und mein Zimmer verlassen hatte, angenommen.

Ich verspürte eine Welle des Neides, als ich sie alle zusammen am Tisch sitzen sah. Sie lachten und unterhielten sich, als wären sie die besten Freunde. Als ich sie so zusammen sah, fragte ich mich, ob die Gerüchte, die über die Jungs im Umlauf waren, wirklich stimmten. Es wurde behauptet, dass die Drillinge alles zusammen taten, vom Essen, über das Lernen bis dahin, mit den gleichen Mädchen zu schlafen.

„Komm, wir setzen uns", drängte Dad und zerrte mich praktisch zum Tisch.

„Dante, entschuldige die Verspätung", sagte Dad, als wir am Tisch ankamen.

„Keine Sorge. Wir kommen immer zu spät. Das liegt den Italienern im Blut." Dante lachte, aber die Jungs schwiegen.

Ich fühlte mich, als ob alle Blicke auf mich gerichtet waren, fast so, als ob hungrige Bären endlich etwas zu Essen bekamen. Carlo hatte seinen Finger nahe an den Mund gelegt, Adolfo starrte mich nur an und Alessandro begutachtete ganz offensichtlich meine Beine. Wieder zog ich mein Kleid hinunter und dachte insgeheim, dass dieses Geschäft besser über die Bühne gehen sollte. Wenn es so weiterging, bestünde die Gefahr, dass ich herausfinden würde, ob die Gerüchte wahr waren, nur um Dads Leben zu retten.

Dante und Dad bekamen gar nichts mit. Sie klopften sich auf den Rücken, wie alte Freunde.

„Das ist meine Tochter, Rose. Sie hat etwas Zeit gebraucht, um sich fertig zu machen, aber jetzt sehe ich, warum", sagte Dad und zwinkerte den Jungs zu. Erst dann schien er sich an meinen richtigen Namen zu erinnern, und er korrigierte sich.

„Entschuldigt, ihr Name ist Bianca. Ich

nenne sie immer Rose, weil sie so wunderschön ist. Findet ihr nicht auch?"

Genervt verdrehte ich die Augen. Der einzige Grund, warum wir zu spät kamen war, weil er unbedingt noch einmal anhalten musste, um mehr ‚Wasser' zu kaufen. Niemals in einer Million Jahren würde ich mich für Typen wie diese interessieren.

Sie konnten Ben, dem einzigen Jungen, mit dem ich im College ausgegangen war, nicht das Wasser reichen. Na ja, eigentlich war er der Einzige, mit dem ich jemals ausgegangen war. Er war der Typ, der genau wusste, was er im Leben erreichen wollte und bereit, dafür zu arbeiten. Carlo, Adolfo und Alessandro waren überzeugt, dass sie etwas Besonderes waren, nur weil sie gute Sportler und einer von ihnen Mannschaftskapitän war. Sie sahen echt gut aus, mit ihren markanten Gesichtszügen und strahlenden Augen, aber innen waren sie hohl. Da war ich mir ziemlich sicher.

Ich wollte diesen Abend einfach nur schnell hinter mich bringen, damit mein Vater von ihrem Vater bekam, was er wollte. Morgen würde ich das tun, was ich gleich hätte machen sollen, und zwar Onkel Floyd und Omi anrufen und ihnen sagen, dass Dad hier bei mir war.

„Bianca, was für ein schöner Name. Er passt zu Ihnen. Allerdings kann ich verstehen, warum Ihr Vater sie auch Rose nennt. Sie sind wirklich wunderschön. Nicht wahr, Jungs?"

Sie nickten langsam und starrten mich immer noch an, als wollten sie mich mit ihren Blicken rumkriegen. Ich wandte den Blick ab, und fühlte mich plötzlich sehr schüchtern.

„Ich kann es kaum glauben, dass unsere Kinder in die gleiche Schule gehen", fuhr Dante fort. „Wer hätte das gedacht? Nach all den Jahren. Setzt euch bitte."

Carlo stand auf, zog mir einen Stuhl hervor und deutete an, dass ich mich setzen sollte. Er hatte wenigstens Manieren, das musste ich zugeben. Die anderen beiden schwiegen weiterhin und hörten dem Gespräch der Männer zu.

„Ich konnte es auch kaum glauben. Aber du kennst mich ja, immer unterwegs", sagte Dad ein wenig zu laut. Man konnte an seiner etwas lallenden Sprechweise hören, dass er betrunken war.

„Natürlich", stimmte Dante wohlwollend zu. „Was hast du denn jetzt erfunden?"

Ich verschluckte mich fast an meinem Wasser, als ich verstand, was mein Vater vorhatte. Er wollte Dante reinlegen, und ihn nicht um Hilfe bitten. Ich war so überrascht gewesen, dass er wieder aufgetaucht war, und damit mich auf diesen Abend vorzubereiten, dass ich gar nicht misstrauisch wurde, als er von einem Geschäft sprach. Nun, da ich es durchschaut hatte, wünschte ich, ich wäre energischer gewesen und hätte mich geweigert.

„Geht es dir gut?", fragte Carlo. Ich nickte nur und wischte mir den Mund ab, während ich abwartete, was für eine Lüge Dad für Dante vorbereitet hatte.

„Es ist eine App", behauptete Dad. „Alle jungen Leute werden sie nutzen. Ich muss sie dir zeigen. Aber erst später, lasst uns erst einmal essen."

Dante zögerte kurz und wandte sich dann an mich. „Damals in der Highschool hat dein Vater immer irgendetwas erfunden. Ich freue mich, dass er diese Leidenschaft nicht aufgegeben hat. Teilst du die gleichen Interessen mit ihm?“

Ich schüttelte den Kopf und wollte gerade antworten, als Adolfo das für mich erledigte.

„Nein, sie studiert Philosophie und hat den Kopf immer in einem Buch vergraben.“

Was?

Er weiß, wer ich bin?

Das war mir vollkommen neu. Ich sah Adolfo in die Augen, aber sein Blick war so durchdringend, dass ich ihm nicht standhalten konnte. Sofort fühlte ich mich wieder gehemmt, als er mich grinsend ansah, wie um zu bestätigen, dass er genau wusste, wer ich war. Ich fragte mich die ganze Zeit, wieso er mich kannte.

„Oh gut, das Studium von Wissen, Wirklichkeit und Existenz. Interessant. Besser als das, was meine Jungs studieren“, sagte Dante und ein Lächeln umspielte seine Lippen. Ich konnte nicht erkennen, ob er stolz oder verärgert über ihr Verhalten in Yale war.

Die Neugier in mir gewann die Oberhand, also tat ich völlig naiv, im Gegensatz zu

Adolfo, und ich gab vor, ich wüsste nicht, was sie studierten.

„Oh? Was studieren sie denn?", fragte ich Dante und vermied es, die Jungs anzusehen.

„Frauen und Ballspiele!"

Alle am Tisch brachen in Gelächter aus. Alle, außer Carlo, der mit seiner Hand mein Knie streifte und sie dann dort liegen ließ und meine Haut mit kreisförmigen Bewegungen seines Daumens streichelte.

„Welches Thema hast du für deine Abschlussarbeit gewählt?", fragte Carlo lächelnd, während er mich weiter streichelte. Das Schlimmste war, dass ich mich nicht rührte, was bedeutete, dass ich ihm praktisch meine Einwilligung erteilt hatte, und das ärgerte mich unbändig.

„Ethik", brachte ich hervor und sah Dante an.

„Ah, Sie sollten mit meinen Jungs daran arbeiten. Sie verstehen nichts von Ethik. Ihr solltet heute Abend noch Telefonnummern austauschen, bevor wir gehen." Dante nickte, sehr zufrieden mit seiner Idee, aber ich hatte den Eindruck, dass er nicht vorschlug, dass wir unsere Nummern tauschen sollten – er befahl es uns quasi.

„Das ist eine gute Idee", stimmte Dad zu, bevor ich etwas sagen konnte. „Unsere Kinder können zusammen lernen, genau wie wir in der Highschool."

„Ja, ich würde es gern sehen, wenn einer meiner Söhne mit einem anständigen Mädchen zusammen ist, statt mit einer von denen, die sie manchmal mit nach Hause bringen. Bianca, Sie scheinen mir ein sehr anständiges Mädchen zu sein", sagte Dante zu mir.

Ich wusste nicht, wie er zu diesem Eindruck kam, da wir kaum miteinander gesprochen hatten, aber er hatte offensichtlich beschlossen, dass ich der Typ Mädchen war, mit dem sich seine Söhne abgeben sollten. Ich wünschte nur, das würde auf Gegenseitigkeit beruhen.

Dann wechselten wir das Thema, und Adolfo wedelte mit der Hand. Er wollte meine Telefonnummer nicht am Ende des Abends – er wollte sie jetzt sofort. Ich nannte meine Nummer und bereute es sofort, als alle drei sie direkt in ihre Handys tippten. Carlos

Hand hatte sich von meinem Knie langsam aufwärts bewegt und er streichelte mit den Fingern meinen Schenkel. Ich hätte ihn auffordern können, damit aufzuhören, aber ich tat es nicht.

Ich hatte mich schon gefragt, wie es sich anfühlen würde, die Hände eines Mannes auf meinem Körper zu spüren. Bis jetzt war es immer nur eine Fantasie gewesen. Auch Ben hatte mich noch nie so berührt, und plötzlich stieg die Hoffnung in mir auf, dass ich eine der fünfundzwanzig Prozent war.

KAPITEL 3

BIANCA

„Habe ich richtig gehört? Du hast den Jungs deine Telefonnummer gegeben, nicht wahr?", fragte Dad, als er mich am Studentenwohnheim absetzte. Eigentlich hatte ich ihn nicht fahren lassen wollen, doch nach einigen Espressos war er wieder etwas nüchterner geworden.

„Ja", flüsterte ich.

Er tätschelte mein Knie, als ob ich fünf Jahre alt wäre. „Gut. Jetzt muss ich nur noch Dante auf meine Seite bringen, damit er sich die App ansieht."

Da ich mich den ganzen Abend darauf konzentriert hatte, bei Carlos Berührungen nicht feucht zu werden, hatte ich seinen

Schwindel vollkommen vergessen. Nun, da er mich daran erinnerte, kam mein ganzer fruchtloser Zorn zurück.

„Dad, du hast mir nie erzählt, dass du Dinge erfunden hast. Warum hast du mir nicht gesagt, dass das alles nur ein Schwindel ist? Ich gehe mit diesen Jungs in die gleiche Uni – hast du jemals an mich gedacht, und wie sich dieser Betrug auf mein Leben auswirkt, wenn er schiefgeht?"

Es stellte sich heraus, dass er nicht einmal Dante genau erklärt hatte, was diese App, die er angeblich erfunden hatte, können sollte. Aber war das nicht eigentlich der Zweck dieses Abendessens gewesen?

Ich war zornig, enttäuscht und genervt, dass er mich für seine Zwecke missbraucht hatte. Nur dass er mein Vater war, war kein ausreichender Grund, mir dieses Verhalten gefallen zu lassen.

„Beruhige dich, es ist kein Betrug. Es gibt viele Sachen, die ich dir nicht erzählt habe. Es waren schwere Zeiten. Wenn ich damals, bevor du geboren warst, etwas erfunden hatte, ging ich zu diesen Ausstellungen. Dann erfand jemand das

Gleiche, aber besser, und bekam mehr Geld dafür."

Er fuhr sich mit der Hand über den Kopf, seufzte und lächelte traurig. „Mir ist aufgefallen, dass du beim Essen nur wenige Gläser getrunken und dann ganz aufgehört hast. Du warst immer ein gutes Mädchen … werde nur niemals wie dein alter Herr."

„Mein alter Herr ist gar nicht so übel."

Ich hasste mich dafür, dass ich ihn anlog, damit er sich besser fühlte, aber ich war nun mal ein Weichei.

Er seufzte. „Wenn das nur wahr wäre, Rose."

Ich lächelte, als er mich Rose nannte. Das war der Kosename, den meine Mutter mir gegeben hatte.

Mein Gott, ich vermisste sie so sehr.

„Wir sprechen uns morgen früh, nachdem ich mit Dante gefrühstückt habe. Wir wollen über das Geschäft sprechen."

„Und wenn er Nein sagt? Was dann?"

Er zwinkerte mir zu. „Das willst du gar nicht wissen. Jetzt geh und halte deinen Schönheitsschlaf. Du warst toll heute Abend. Ich glaube, die Jungs mögen dich."

Mögen würde ich das nicht unbedingt nennen.

Ich küsste ihn auf die Wange und ging hinein. Ich lächelte, als ich das Abendessen noch mal in meiner Erinnerung Revue passieren ließ. Auch wenn Dad hinter Geld herjagte und mich für den Abend verkauft hatte, es hatte doch Spaß gemacht. Dad war lustig. Er war ein typischer Verkäufer mit genug Geschichten auf Lager, um alle den ganzen Abend zu unterhalten, einschließlich der Drillinge.

Ich fühlte mein Handy vibrieren, als ich meinen Ausweis einscannte, um in das Gebäude zu kommen. Ich öffnete die Nachricht einer unbekannten Nummer.

Unbekannt: Sag mir Bescheid, wenn du dein sexy Kleidchen ausziehst. Du hast heute Abend echt heiß ausgesehen. Ich möchte gern wissen, ob du ohne genauso heiß bist. C.

. . .

Offensichtlich hatte Carlo noch andere Absichten, als mir nur mit meiner Abschlussarbeit zu helfen, und er hatte etwas Unanständiges vor. Bei dem Gedanken, dass jemand wie er sich für ein Mädchen wie mich interessieren könnte, musste ich lächeln. Er war der beliebteste der drei Brüder und er war heute Abend wirklich sehr freundlich gewesen.

Um fair zu sein, war es eigentlich nur Alessandro, den ich von den drei Brüdern nicht mochte. Alessandro war der, der dafür sorgte, dass Frauen sich unsicher fühlten, der sich mit seinen neuesten Eroberungen brüstete. Er war genau der Typ Mann, mit dem ich nichts zu tun haben wollte.

Je mehr ich über den Abend nachdachte, desto breiter wurde mein Lächeln. Ich hatte alle meine Regeln gebrochen, indem ich ein zu kurzes Kleid getragen, mein Haar hochgesteckt, und mehr Make-up als sonst aufgelegt hatte.

Ich ging in mein Zimmer und musste die ganze Zeit an die Textnachricht denken.

Sollte ich das Kleid ausziehen und ihm antworten, oder sollte ich warten?

Ich lächelte, als ich die Tür öffnete und sah, dass Erika nicht da war. Das bedeutete, dass sie woanders übernachtete, wahrscheinlich bei ihrem Freund, und ich musste ihr jetzt nicht alles über den Abend erzählen.

Ich legte meine Tasche weg, schloss die Tür und fing an mich auszuziehen. Ich fragte mich, ob ich Carlo ein Foto von mir in Unterwäsche schicken sollte. Glücklicherweise hatte ich hübsche Lingerie, die ich gekauft hatte, als ich nach Yale kam und hoffte, dass meine Jungfräulichkeit, die ich so lange verteidigt hatte, irgendwann Geschichte sein würde.

Wird schon schiefgehen!

Ich machte ein Selfie und versuchte, die richtige Pose und das richtige Licht zu finden. Das klappte nur im Badezimmer. Ich schickte ihm das Bild und kicherte wie ein Teenager, als ich auf seine Antwort wartete.

Nichts.

Ich putzte mir die Zähne und wusch mein Gesicht. Ich war zu müde, um noch zu duschen. Das würde ich morgen früh tun.

Nichts.

Ich zog mein riesiges Betty Boop T-Shirt an. Ich war ein Fan … also warum nicht? Auch wenn sie nur ein Cartooncharakter war, war sie sexy und alles, was ich nicht war. Außerdem war meine Mutter ein großer Fan von Betty Boop und so hielt ich ihre Erinnerung am Leben.

Nichts.

Ich machte das Licht aus und krabbelte in mein Bett. Dann beschloss ich, noch einmal auf mein Handy zu schauen.

Scheiße!

Es gab eine Gruppe mit dem Namen Ethik, mit dem Bild, das ich gerade erst an Carlo geschickt hatte, als Gruppenbild. Ich checkte die Mitglieder, und natürlich waren es Carlo, Alessandro und Adolfo.

Der Titel war Roses Weg zur Ethik, und es gab zwei Nachrichten:

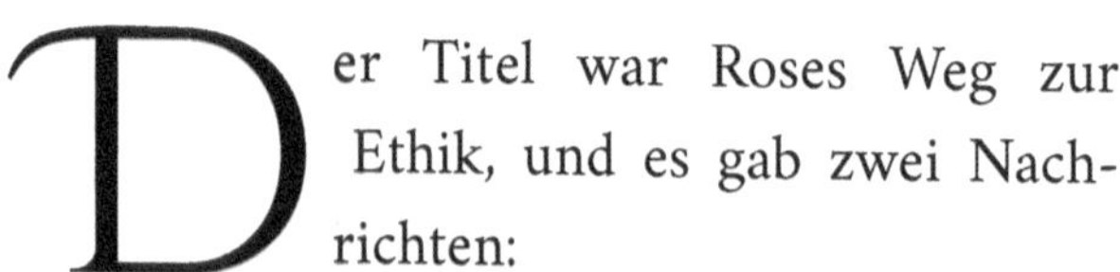

Adolfo: Schön

Alessandro: Wunderschön

Sie fanden mein Foto schön?

Ich antwortete nicht, dachte aber über die Jungs nach, mit denen ich niemals etwas zu tun haben wollte … bis heute Abend. Jetzt träumte ich davon, dass sie mich alle drei am ganzen Körper berühren würden. Durch die Gründung dieser Gruppe hatten sie erreicht, dass ich mich als etwas Besonderes fühlte. Durch einige einfache Worte fühlte ich mich sexy.

Vielleicht wurde es langsam Zeit, dass ich anfing, aus mir herauszugehen. Die College-Zeit war bald vorbei, und alles, was ich in der Zeit gemacht hätte, war, meinen Abschluss zu bekommen, Erika als beste Freundin zu haben und einen Ex-Freund, der die Meinung vertrat, dass das College zum Studieren und nicht für Beziehungen war … obwohl er in den drei Jahren nach unserer Trennung eine feste Freundin gehabt hatte.

KAPITEL 4

CARLO

Ich hatte Bianca schon immer wie verloren auf dem Campus herumlaufen gesehen, als ob sie nach all der Zeit noch nicht richtig dazugehörte. Der einzige Typ, mit dem sie jemals gegangen war, Ben, hatte mit ihr Schluss gemacht, weil sie ihn nicht rangelassen hatte, und die einzige Freundin, mit der ich sie jemals gesehen hatte, war ihre Mitbewohnerin Erika, die mit ihr zusammen im Two Sheets arbeitete.

Im Gegensatz zu Erika war Bianca überhaupt nicht freundlich. Es schien, als ob sie jedes Mal, wenn wir ins Two Sheets kamen, in die andere Richtung ging. Alessandro behauptet, dass sie eingebildet ist, dass sie meint, besser zu sein als wir. Aber wie will er das beurteilen, wenn er noch nie mit ihr gesprochen hat?

Wenn überhaupt, dann ist Alessandro eher der arrogante Typ. Wenn ein Mädchen ihn nicht rund um die Uhr umschmeichelt, dann beschließt er, dass wir uns nicht mehr mit ihr abgeben sollten. Er stellt zu viele Vermutungen an. Manchmal fragte ich mich, ob wir überhaupt miteinander verwandt waren – er war immer so voreingenommen.

Dad sagte, dass Biancas Vater, Paul, mit ihm zur Highschool gegangen war. Anscheinend war er damals schon ein Versager gewesen und es schien, als hätte sich daran nichts geändert. Paul war betrunken, als er in das Bistro kam. Er sprach zu laut und machte zu viel Lärm, und es wurde im Laufe des Abends immer schlimmer.

Dad hatte versucht zu verhindern, dass Paul Bianca zum Studentenwohnheim zurückfuhr. Er hatte sogar angeboten, es selbst zu tun, obwohl er niemals Auto fuhr –

dafür hatte er einen Chauffeur. Aber Paul bestand darauf, zwei Espressos zu trinken, um ein bisschen nüchterner zu werden und Bianca verteidigte ihn und sagte, dass er noch fahren könnte. Ich hoffte, sie sagte das nur, um das Gesicht zu wahren und nicht, weil sie eine Tussi war, die zu stolz war, um zuzugeben, dass ihr Vater ein Problem hatte.

Ein ernstes Problem.

Paul machte sich lächerlich, und irgendwie tat Bianca mir deswegen leid. Als ich seine Geschichten hörte, wurde mir klar, warum sie so war, wie sie war – anscheinend waren sie immer unterwegs gewesen, als sie aufwuchs, waren niemals lange genug in einer Stadt geblieben, dass sie Bindungen eingehen konnte. Pauls Geschichten spielten alle in verschiedenen Städten und verschiedenen Staaten. Mir fiel auf, je mehr er darüber sprach, desto häufiger nippte Bianca an ihrem Wein.

Der ganze Abend war total peinlich, aber Dad hatte einem alten Freund helfen wollen. Er war viel zu großzügig ... darüber stritten er und Mom sich ständig.

Dad wollte sich heute Morgen mit Paul in

dem Hotel, wo er wohnte, zum Frühstück treffen, um mit ihm zu reden und ihm klarzumachen, dass er kein Trottel war. Er hatte seine Hausaufgaben gemacht, bevor sie sich trafen, und mit der Hilfe seines Chauffeurs, Rik – der, wie ich vermutete, sehr viel mehr als nur ein Chauffeur war – hatte er herausgefunden, dass Paul kein Erfinder war. Stattdessen war er jemand, hinter dem einige sehr gefährliche Leute her waren. Dad würde niemals in seine Lügengeschichte investieren, aber er war bereit, einem alten Freund zu helfen.

Als unsere Großeltern, Gott hab sie selig, nach New York kamen, hatten sie nur ein paar Cent in der Tasche. Sie arbeiteten sehr hart, um sich die Wohnung mit einem Schlafzimmer leisten zu können, in der mein Vater aufwuchs. Mein Vater wurde gehänselt, weil er arm war, und noch mehr, weil er Italiener war. Paul war sein einziger Freund gewesen, der ihm nie das Gefühl gegeben hatte, ein Außenseiter zu sein.

Ich konnte Dads Loyalität nachvollziehen, aber irgendwo musste man eine Grenze ziehen.

Pauls Ideen waren lächerlich. Er wollte eine App erschaffen, mit der man alles kaufen und überall in der Welt liefern lassen konnte. Aber das gab es schon – es nannte sich Amazon. Dann fing er an, über eine Dating-App zu faseln … auch nichts Neues. Keine seiner sogenannten Erfindungen machten Sinn.

Ich berührte Biancas Bein, in der Hoffnung sie würde sich dann nicht mehr so unbehaglich wegen des Benehmens ihres Vaters fühlen. Aber auch, weil sie so verdammt heiß aussah. Anscheinend störte es sie nicht – sie wich mir nicht aus oder sagte mir, dass ich damit aufhören sollte.

Ich hatte ja nicht gewusst, was sich unter den weiten T-Shirts und Jogginghosen verbarg, die sie immer auf dem Campus trug.

Sie war heiß.

So verdammt heiß!

Ich wollte sie so sehr. Ich konnte mich kaum davon abhalten, sie auf den Tisch zu legen und zum Nachtisch ihre Muschi zu lecken. Ich wette, sie würde so süß schmecken, viel besser als das Zuccotto. Und dann das Foto, das sie geschickt hatte …

„Wovon träumst du denn gerade?", wollte Adolfo wissen. Er ließ sich in den Sessel neben mir fallen, und wie er sich darin lümmelte, erinnerte mich an Paul gestern Abend.

„Bianca", gab ich zu.

Er strich sich mit der Hand durch sein langes Haar, das dringend einen guten Schnitt gebrauchen konnte. Das erinnerte mich daran, was Dad gestern Abend vor dem Essen dazu gesagt hatte.

„Weißt du noch, dass Dad gestern Abend gesagt hat, dass du aussiehst wie ein Gigolo?", fragte ich lachend. Dad gefielen Adolfos neue Locken nicht. Sie erinnerten ihn an Fabio, das berühmte männliche Model, und zwar nicht auf eine gute Art.

Er grinste. „Klar, ich habe es als Kompliment aufgefasst, auch wenn es nicht so gemeint war. Was Bianca angeht, so verschwendest du nur deine Zeit. Sie sieht so süß und unschuldig aus, aber sie ist eine harte Nuss. Eine mit der wir uns besser nicht abgeben sollten – du hast doch sicher den Ausdruck auf Dads Gesicht bemerkt."

Er hatte recht – zuerst war Dad ganz begeistert gewesen, aber am Ende des Abends sagte er, wir sollten uns so weit wie möglich von ihr fernhalten.

„Seit wann hörst du auf Dad?"

Adolfo war, wenn so etwas überhaupt möglich war, der größte Dickkopf von uns dreien. Er tat, was er wollte, wann immer er es wollte, und machte sich keine Gedanken um die Konsequenzen oder sonst irgendwas.

„Stimmt, aber man sollte Dad nicht blöd kommen. Und willst du dich wirklich mit einem Mädchen einlassen, das so viel am Hals hat?"

Nachdem die beiden gegangen waren, hatte Dad uns gewarnt; dass wir, wenn wir uns mit Bianca einließen, riskierten ins Kreuzfeuer mit den Typen, die hinter Paul her waren, zu geraten.

„Ja und nein. Irgendwie habe ich Lust, sie zu beschützen und besser kennenzulernen. Ich habe die Schnauze voll davon, immer mit Mädchen zu spielen, die nur eins im Sinn haben."

„Sex mit den Russos?“

„Genau! Ich dachte immer, Frauen seien klüger als wir. Man sollte meinen, dass die Liste der Abgewiesenen, die du erfunden hast, sie davon abhalten würde, bei uns Schlange zu stehen. Mir hat Sarah echt leidgetan.“ Sie war die Erste gewesen, die wir als ‚abgewiesen‘ abgestempelt hatten.

Er stand auf und wedelte mit den Armen. „Sei doch nicht so dramatisch, Carlo! Es ist viel zu früh für so einen Scheiß. Und seit wann bist du überhaupt so sensibel?“

Ich lachte und folgte ihm in die Küche. „Als du angefangen hast, auf Dad zu hören.“

„Touché. Aber wir sollten nicht mit dem Feuer spielen, egal wie heiß sie ist.“

„Ich habe ja nicht gesagt, dass wir ihr einen Ring an den Finger stecken sollten. Aber es wäre doch nicht schlecht, mal etwas Neues auszuprobieren und ich glaube, Bianca könnte das sein, was uns gefehlt hat. Außerdem müssen wir ja nicht immer alles zusammen machen.“

Er schüttelte den Kopf. „Manchmal kann ich nicht begreifen, dass wir verwandt sind, schon gar nicht Brüder. Wir waren uns doch einig, dass wir in Yale Spaß haben wollten, keine ernsthaften Sachen. Erinnerst du dich, was das letzte Mal los war, als wir zuließen, dass eine Frau zwischen uns kam? Wir sind fast durchgedreht. Ich möchte nicht, dass so was noch mal passiert, du etwa?"

Als ich an den Zwischenfall zurückdachte, fiel mir auf, dass Alessandro schon eine Weile weg war.

„Hey, wo ist unser Bruder? Er hätte schon lange vom Joggen zurück sein sollen."

Alessandro war der Einzige von uns, der ein regelmäßiges Trainingsprogramm befolgte. Dad bezweifelte manchmal, dass er wirklich Italiener war, denn der Mann war pünktlich und viel zu gut organisiert. Er wusste meist schon im Voraus, was er am nächsten Freitagabend anziehen würde. Er war ordnungsbesessen, ich glaube, wegen seines Frustes mit dem Leben im Allgemeinen, weil man ihm einmal das Herz gebrochen hatte.

„Dad wollte sich mit ihm zum Frühstück treffen, um mit diesem Paul zu reden", erklärte Adolfo und steckte den Kopf in den Kühlschrank, auf der Suche nach etwas

Essbarem. „Was soll der Scheiß?! Alessandro hat den ganzen Kühlschrank mit seinem blöden, gesunden Smoothiescheiß vollgemüllt!"

„Da drin ist schon seit Mittwoch nichts Essbares mehr, als Alessandro sich beschwerte, dass er keinen Bock mehr hätte, einkaufen zu gehen und alles in der Wohnung zu machen", erklärte ich und kam dann auf das Thema zurück. „Warum ausgerechnet er?"

„Weil er der Vernünftige ist, und wenn die Stimmung sich aufheizt, dann ist er der Richtige, um Dad wieder runterzukühlen."

Ich fragte mich, ob Bianca bei dem Frühstück dabei sein würde. Aber selbst, wenn, dann würde Alessandro sie nicht anbaggern. Er war in puncto Frauen noch pingeliger als mit seinem Essen.

„Na dann sollte ich vielleicht besser mal einkaufen gehen", maulte Adolfo und ging in sein Schlafzimmer, um sich anzuziehen.

Ich könnte mit ihm zum Supermarkt fahren … oder losziehen und das Frühstücktreffen ausspionieren. Aber eigentlich gab es da ja gar nichts auszuspionieren. Alessandro war nicht an Bianca interessiert. Aber wenn ich Adolfo das Einkaufen überließ, dann würde er nur das kaufen, was er mochte, und das war immer ungesunder Mist. Also beschloss ich, dass es besser wäre, mit Adolfo einkaufen zu gehen.

KAPITEL 5

ALESSANDRO

Jesus, der Kerl war immer noch blau. Hatte er seit gestern Abend ununterbrochen weitergesoffen? Wie schaffte er es, in diesem Zustand überhaupt zu laufen?

Paul redete und redete, und Bianca beschwerte sich, dass sie eine Arbeit fertig schreiben musste, bevor sie ihre Schicht im Two Sheets antrat. Ich war schon einige Male dort gewesen und hatte den Jungs einen ausgegeben, daher wusste ich genau, wer sie war, als Dad uns von dem Treffen zum Abendessen erzählt hatte.

Bianca war der Typ Mädchen, die ihre

Unschuld bewahrte, bis ihr Ritter in glänzender Rüstung auf seinem Pferd auftauchte und sie in seine Arme nahm. Klar hatte sie gestern Abend toll ausgesehen, aber sie hatte normalerweise keine Ahnung, wie man sich anzog oder bewegte. Bianca lief immer in Jogginghosen und T-Shirts herum, und kein Ritter würde ein Mädchen nehmen, das sich nicht wie eine Prinzessin anzog.

Wenn sie es noch nicht mal draufhatte, sich um ihre äußerliche Erscheinung zu bemühen, dann wollte ich gar nicht wissen, wie es in ihrer Studentenbude aussah. Wahrscheinlich so ähnlich wie in Adolfos Zimmer. Was meinen Bruder Carlo betraf … ihm wäre jedes Mädchen recht. Er war einfach dauergeil. Er war so auf sie abgefahren, dass er sogar so weit ging, eine WhatsApp-Gruppe zu erstellen und mich darin einzuschließen. Dann nahm er unsere Handys und schickte Nachrichten in unserem Namen.

An diesem Morgen trug sie ein Sweatshirt, das ihr einige Nummern zu groß war. Sie hatte ihr Haar zu einem unordentlichen Knoten aufgesteckt, aber wenigstens trug sie Jeans anstelle der ewigen Jogginghosen. Im

Gegensatz zu gestern war sie ungeschminkt. Es war, als wollte sie den gestrigen Abend auslöschen und so zu ihrem normalen Selbst zurückkehren.

Ich fragte mich, ob Carlo ihr immer noch so schnell eine Nachricht schicken würde, wenn er sie so sah. Die wahre Bianca.

„Macht es überhaupt Sinn für mich zu bleiben? Steckt da irgendeine Logik dahinter, dass dein Vater um halb zehn Uhr am Morgen sturzbetrunken ist? Wenn du so eine tolle Philosophiestudentin bist, solltest du dann nicht deine These über deinen Vater schreiben?"

Sie erstickte fast an ihrem Orangensaft, als sie mich ansah.

Ich fuhr fort: „Logik, Ethik, Motivation … das alles fehlt ihm in seinem betrunkenen Zustand!"

Ich stand auf und wollte gehen, als Bianca sich auch erhob und mir die Meinung sagte.

„Nicht jeder bekommt alles auf einem Silbertablett serviert. Manche von uns müssen hart arbeiten und finden es schwer mit den grundsätzlichen Dingen des Lebens klarzukommen, besonders, wenn man einen geliebten Menschen verloren hat."

„Wenn man jemanden verloren hat, gibt einem das das Recht, die Leute zu betrügen und immer betrunken zu sein?"

„Deine Mutter lebt noch, aber meine nicht", sagte sie abwehrend. „Seit sie tot ist, hat mein Vater es schwer gehabt. Aber er erstellt keine Listen und wertet Frauen ab, so wie ihr das macht. Ihr solltet euch schämen, wie ihr mit euren Goldkarten herumwedelt und Frauen zu Opfern macht. Männer wie du machen mich krank!"

„Wir haben nur eine Goldkarte, weil wir mit einem bestimmten Budget auskommen müssen. Dad sagt, wir müssen lernen mit Geld umzugehen."

Sie sah mich missbilligend an und stürmte davon. Ich hatte mich wirklich wie ein verdammter Snob und Idiot angehört, als ich ihr sagte, warum wir keine schwarze Karte hatten. Es gefiel mir nicht, dass ich es ihr erklären musste. Sie glaubte, dass ich ein verantwortungsloser, arroganter Arsch war, dabei hatte sie keine blasse Ahnung, wie mein Leben wirklich aussah. Ich rannte hinter ihr her, weil ich sie nicht mit dem letzten Wort davonkommen lassen wollte.

„Hey, süße Rose!", rief ich, aber sie ignorierte mich und lief schneller. Doch ich war ein verdammter Sportler und holte sie problemlos ein.

Ich ergriff ihren Arm, als wir an der Hoteltür ankamen.

„Was?", schrie sie mich an, so laut, dass alle erschraken, die dort friedlich ihr Frühstück einnahmen.

„Dein Vater umkreist meinen, als ob er eine Bank sei. Hättest du auch nur einen Funken Anstand, dann würdest du etwas dagegen unternehmen. Also steig mal von deinem hohen Ross herunter. Wir wissen beide, dass Paul kein Interesse daran gehabt hätte, sich mit meinem Vater zu treffen, wenn dieser kein Geld hätte."

„Mein Vater ist ein erwachsener Mann und bis gestern wusste ich überhaupt nicht, dass unsere Väter sich kennen", warf sie verächtlich hin.

Ich verschränkte die Arme. „Das ist verdammt praktisch."

„Was willst du damit sagen?"

„Nichts, nur dass du dich gestern so aufgebrezelt hast, mit deinem kurzen Kleidchen und der schönen Frisur. Aber ich habe dich auf dem Campus und im Two Sheets gesehen – du ziehst dich niemals so an. Nie. Das hier bist du." Ich deutete von ihrem unordentlichen Haarknoten bis zu ihren ausgelatschten Sneakers.

Anscheinend hatte ich einen Nerv getroffen. Sie öffnete und schloss den Mund und brachte kein Wort mehr heraus. Dann holte sie tief Luft, steckte die Hände in die Taschen ihres Sweatshirts, drehte sich um und ging.

Ich hätte ihr nachgehen können, als sie langsam in Richtung ihres Wohnheims lief, aber ich fühlte mich wie ein Arschloch. Ich hatte sie beleidigt.

Ich ließ den Kopf hängen und ging zu meiner Wohnung.

Frühstück war nicht so eine gute Idee gewesen.

Eigentlich sollte ich dabei sein, um meinen Vater zu beruhigen, aber ich hatte alles falsch gemacht und die Kontrolle verloren. Es war fast, als ob Dad und Paul gar nicht da waren, als ich das Frühstück dominierte und Bianca runterputzte.

Ich wusste nicht, wen ich im Moment mehr hasste – Paul, weil er ein Säufer war, oder mich selbst, weil ich ein Arschloch war.

KAPITEL 6

BIANCA

Ich hatte ihn vorher bereits gehasst, und jetzt hasste ich ihn noch mehr, weil er beim Frühstück so mit mir gesprochen hatte. Er schaffte es immer, dass ich mich minderwertig fühlte. Ja, ich trug normalerweise keine Minikleidchen, wie gestern Abend, aber das hatte ich nur getan, weil Dad mich darum gebeten hatte.

Das war auch der Grund, warum ich Alessandro nie bediente, wenn er ins Two Sheets kam. Ich sorgte immer dafür, dass Erika es tat. Sie war viel lockerer als ich und bediente alle mit einem freundlichen Lächeln, auch Typen wie Alessandro. Er kam mit seiner Goldkarte herein und schmiss Runden für alle, die ihm Aufmerksamkeit schenkten. Ich hasste es, wie er sich verhielt, und ich war nicht die Einzige.

Er war stinkreich und wollte, dass alle es mitkriegten. Ich kannte einige Jungs auf dem Campus, die wahrscheinlich genauso reich waren wie er, aber sie gaben nicht damit an wie er, mit seiner Rolex, seinen Gucci Klamotten und allen anderen Designersachen unter der Sonne. Er sorgte dafür, dass alle wussten, dass alles, was er am Leib trug, mehr wert war als alles, was ich in meinem Schrank hatte, und zwar viel mehr.

Ich musste mich so weit wie möglich von den Russos fernhalten. Carlo hatte dafür gesorgt, dass ich mich gut fühlte, aber innerhalb weniger Minuten hatte Alessandro es geschafft, dass ich mich billig fühlte, als ob er nichts davon ernst meinte, was er gestern Abend in der Textnachricht geschrieben hatte.

„Ich hasse ihn!", schrie ich, als ich wieder sicher in meinem Zimmer war und keiner mich sehen oder hören konnte.

In einem Punkt hatte er allerdings recht – mein Vater war wieder betrunken. Gestern

Abend hatte ich das verdrängt, aber heute war es viel schlimmer, da es noch so früh am Morgen war. Aber wenn Alessandro das so schlimm fand, warum versuchte er dann nicht, ihm zu helfen, anstatt ihn zu erniedrigen. Aber er war wahrscheinlich gar nicht fähig, irgendeine Art von Nettigkeit zu zeigen.

„Hey, was ist denn los?", fragte Erika nach meinem plötzlichen Ausbruch.

Ich schüttelte den Kopf. „Das willst du gar nicht wissen. Wirklich nicht."

Sie sah mich besorgt an, und ihre blauen Augen trübten sich. „Lass mich raten … dein Vater? Fährt er übrigens einen alten, ausgebeulten Omega?"

Ich ging über die Frage nach dem Auto hinweg, und beantwortete die erste. „Schlimmer … Alessandro und mein Vater."

„Was, der heiße Baseballspieler, dem du im Two Sheets immer aus dem Weg gehst?"

Ich wand mich. „Genau der!"

Sie lachte, setzte sich aufs Bett und klopfte auffordernd neben sich auf die Matratze. „Mhm. Du bist scharf auf den Kerl, und nach der Art, wie er dich ansieht, zu urteilen, beruht das auf Gegenseitigkeit."

„Du spinnst ja. Du hättest mal hören sollen, wie er mit mir gesprochen hat, als wäre ich ein Stück Dreck."

Doch eigentlich fragte ich mich, woher Alessandro so genau wusste, was ich jeden Tag anhatte, als er über meine Kleidung sprach.

Sie lachte. „Du wirst schon sehen, dass er mit allen so redet. Im Gegensatz zu Carlo, der ein hoffnungsloser Flirt ist."

Ich sah auf meine Hände hinab, die ich verschlungen auf meinem Schoß liegen hatte.

„Hey, habe ich etwas Falsches gesagt?"

„Es ist nur … dass ich dachte, ich wäre etwas Besonderes. Carlo hat gestern mit mir geflirtet. Zum ersten Mal in meinem Leben fühlte ich mich begehrenswert, und dann hat Alessandro etwas Gemeines darüber gesagt, wie ich ‚wirklich bin' im Vergleich zu gestern Abend. Das verfluchte Arschloch!"

„Beruhige dich. Ich wünschte, ich wäre gestern Abend nach Hause gekommen und hätte dich total aufgestylt gesehen. Du hättest ein Foto machen sollen." Erika seufzte und streichelte mein Haar. „Es hat nur noch kein Mann dafür gesorgt, dass du dich heiß fühlst, weil du noch keinen nah genug an dich herangelassen hast. Du hältst alle auf Abstand, besonders seit Ben mit dir Schluss gemacht hat. Danach hast du dich wirklich verändert."

„Stimmt nicht", behauptete ich und lehnte mich etwas zurück, um sie besser ansehen zu können. „Wie soll ich mich denn fühlen, wenn Ben mir erzählt, dass er keine Zeit für eine Beziehung hat und sich kurz darauf mit dieser Tussi, wie heißt sie doch gleich, einlässt?"

Sie lächelte. „Du weißt genau, wie sie heißt. Cristina. Und wie oft habe ich dir schon gesagt, Ben nicht so wichtig zu nehmen, er ist ein Trottel."

„Warum sagst du das?"

„Egal", sagte sie und sprang vom Bett auf. Sie ging zum Spiegel und betrachtete sich, als ob sie ausgehen wollte. „Du musst dich nicht rechtfertigen. Ich verstehe schon."

Ich seufzte und beschloss, das Thema zu wechseln. Ich hatte keine Lust mehr, über meinen Vater zu reden, oder über Alessandro, oder darüber, wie ich mich verändert hatte, seit Ben sein Leben ohne mich lebte.

„Triffst du dich mit Hank?"

Erika und Hank verkörperten die perfekte Sandkastenliebe und wollten direkt nach dem Abschluss heiraten. Sie gehörten einfach zusammen, ein perfektes Paar. Sie verbrachten viel Zeit miteinander und mit ihren Freunden und respektierten ihre gegenseitigen Entscheidungen. Was konnte ein Mädchen mehr von einer Beziehung erwarten?

Sie lachte. „Wie hast du das erraten?"

„Daran, wie du gerade in den Spiegel schaust, so als ob er dich daraus anlächelt", sagte ich und stand auf, weil ich dachte, dass ich besser auch in die Gänge kam. „Ich werde in die Bücherei gehen." Ich musste lernen und konnte mich in diesem Zimmer nicht konzentrieren.

„Wenn du später abhängen willst, dann sag Bescheid. Ich glaube, Hank will sich noch mit seinen Freunden treffen."

„Klar doch." Ich nickte und dann fiel mir wieder ein, was sie vorhin gesagt hatte. „Warum hast du nach dem Auto meines

Vaters gefragt?"

„Nichts", sagte sie und winkte ab. „Der Wachmann hat gesehen, dass ein Typ im Auto auf dem Campus übernachtet hat und ihm gesagt, er solle abhauen. Das war doch nicht sein Auto, oder?"

„Nein", log ich.

„Gut. Bis später."

Dad übernachtete also in seinem Auto. Das war wirklich ernst. Ich musste wirklich Omi und Onkel Floyd anrufen, das hatte ich über den Zwischenfall mit Alessandro total vergessen.

Gut. Ich würde jetzt zur Bücherei gehen, an meiner These arbeiten, meine Schicht durchziehen und dann, anstatt mit Erika abzuhängen, meine Familie anrufen, um zu besprechen, was wir wegen Dad unternehmen könnten.

Seufzend packte ich meine Notizen und meinen Laptop ein. Viele Leute waren überrascht, dass ich mir handschriftliche Notizen machte, bevor ich sie tippte, aber das war, bis vor Kurzem, meine einzige Option gewesen. Ich war nicht mit iPads, Laptops und Handys aufgewachsen, wie die meisten Studenten meines Jahrgangs. Nein, ich bekam mein erstes Handy, als ich ins College kam, und meinen Laptop kurz danach.

Außerdem schrieb ich gern mit der Hand, weil ich dann nicht den ganzen Tag auf einen Bildschirm starren musste.

Auf dem Weg zur Bücherei musste ich an die Jungs denken. Insgeheim gefiel mir die Idee, dass Carlos mich mochte. Vielleicht konnte ich dadurch auch mal mit jemand anderem abhängen als nur mit Erika. Sie hatte nicht nur einen festen Freund, sondern auch noch jede Menge andere Freunde. Manchmal glaubte ich, dass sie nur aus Mitleid mit mir befreundet war, obwohl sie mich das nie spüren ließ.

Ich musste mein Leben ändern. Alessandro und Erika hatten recht. Ich versteckte mich hinter meinen Klamotten. Ich hatte mir eingeredet, dass Ben der perfekte Mann für mich war, aber er hatte nie wirklich meine Welt auf den Kopf gestellt. Und das Schlimmste daran, dass er mich sitzen gelassen hatte, war, dass ich ihm seine blöden Lügen geglaubt hatte.

Ich wusste, dass ich viel Zeit mit meiner

Abschlussarbeit verbringen musste … aber vielleicht konnte ich einige Minuten vor meiner Schicht abzweigen, um mich umzuziehen. Ich wollte mal etwas anderes als Jogginghosen bei der Arbeit tragen.

Ha, Alessandro … was sagst du dazu?

KAPITEL 7

ALESSANDRO

„Löse diese verfickte Gruppe auf, Carlo!", platzte ich heraus, als ich meinen faulen Bruder in der Küche sitzen sah, schwer damit beschäftigt, eine beträchtliche Auswahl der Delikatessenabteilung von Walmart zu verputzen.

„Was ist dein Problem? Du musst doch nichts beitragen, und wenn, dann mache ich das für dich. Okay?"

Ich schüttelte den Kopf, weil er gar nicht zuhörte. Ich ging in Adolfos Zimmer, um ihn in dieses Gespräch einzubeziehen. Es reichte jetzt. Wir sollten uns besser nicht mehr mit Bianca abgeben, und auch nicht mit ihrem Vater.

„Adolfo, komm mit, damit wir das ausdiskutieren können."

Adolfo schüttelte den Kopf. „Nein. Ich will jetzt ein paar Körbe mit meinen Freunden werfen. Du und Carlo könnt das besprechen. Ihr wisst doch, dass ich unkompliziert bin. Was immer ihr entscheidet, ich bin einverstanden."

Adolfo, die Stimme der Unvernunft. Er wählte nie eine Seite und hielt sich immer raus, wenn Carlo und ich uns in die Haare kriegten ... was meistens der Fall war.

„Gut, sei ein Feigling!"

Er ignorierte mich, verdrehte die Augen und stürmte hinaus.

„Also, nur du und ich", sagte Carlo. „Können wir uns wie erwachsene Männer unterhalten, oder willst du dich wieder wie das große Alphatier aufführen, das alles fordert und dem alles zusteht?"

Ich beachtete ihn gar nicht und sagte: „Gib mir mal einen Smoothie."

Er beugte sich vor und öffnete den Kühlschrank von seinem Platz am Tisch aus. Dann seufzte er, weil er nicht hereingreifen konnte und aufstehen musste, um den

Smoothie zu holen. Niemand konnte Carlo das Wasser reichen, wenn es um seinen Einsatz für den Football ging, oder sein Studium, oder sein Zimmer ordentlich zu halten … aber wenn es um Kleinigkeiten ging, wie die kleine Mühe, kurz aufzustehen und zum Kühlschrank zu gehen, dann schien es, als hätte er keine Beine.

Manchmal dachte ich, er war so, weil er ein mittleres Kind war, obwohl es nur eine Sache von wenigen Minuten war. Er nutzte jede Gelegenheit, um mich auf die Palme zu bringen, und er schaffte es jedes Mal.

„Grüner Scheiß oder lila Scheiß?", fragte er vor der offenen Kühlschranktür und wiegte beide in den Händen.

Ja, er wollte mich auf die Palme bringen.

„Grün."

Er stellte den Blaubeersmoothie wieder zurück in den Kühlschrank und gab mir den Spinatsaft. Er wusste, dass ich jeden Morgen so einen trank, aber ich ließ mich nicht von ihm provozieren.

Ich nahm mir einen Papierstrohhalm, trank mit geschlossenen Augen und wappnete mich gegen die Diskussion mit ihm.

„Wir haben uns doch geeinigt, dass wir uns ein Mädchen teilen würden. Ein Mädchen, das uns gehört, und ich glaube, dass Bianca die Richtige sein könnte", fing er an.

Ich erstickte fast. „Wann haben wir das denn beschlossen? Wir haben beschlossen, dass wir uns nicht auf eine Beziehung einlassen wollten ... daran erinnere ich mich. Aber das letzte Mal, als wir Sex mit einer hatten, war es ein Chaos. Das will ich nicht noch mal durchmachen."

Ich schüttelte den Kopf und fragte mich, ob mein Bruder den Verstand verloren hatte, seit er Bianca in ihrem sexy Look gesehen hatte.

„Warum glaubst du, dass sie das Risiko wert ist? Nur weil sie an dem Abend heiß aussah? Du weißt doch, wie sie sonst aussieht, oder nicht?"

„Ja, aber seit ich weiß, was sie unter diesen weiten Sweatshirts versteckt, bin ich ganz verrückt. Diese Titten hüpften, sobald ich ihr Bein berührte ... fuck, ich könnte den ganzen Tag damit verbringen, ihre Brüste zu kneten und an ihren Nippeln zu lutschen."

Ich trank meinen Smoothie, was er als Ermunterung auffasste, mir weiter detailliert zu schildern, was er alles mit Bianca machen wollte.

„Und ihr Hintern. Scheiße, ich habe Lust, auf ihren Arsch zu klatschen und die Arschbacken hüpfen zu sehen. Und die …"

„Ernst jetzt", unterbrach ich ihn. „Ich habe keine Lust, mir eine Anleitung für Sex mit Bianca anzuhören. Das Frühstück war echt beschissen. Paul war betrunken, Bianca bezeichnete uns als verwöhnte Idioten, und Dad fiel auf alles herein."

„Scheiße, war ihr Vater heute Morgen schon wieder blau? Die arme Kleine, ich frage mich, wie sie das aushält."

Ich schüttelte den Kopf. Anscheinend hatte er nur einen Teil des Gesprächs gehört.

„Alessandro, Dad kann gut auf sich selbst aufpassen", beharrte er. „Wenn er Paul helfen will, dann lass ihn doch. Er ist ein erwachsener Mann und kann tun und lassen, was er will. Was Bianca betrifft … siehst du nicht, dass sie einfach nur das Gesicht wahrt? Sie sieht, dass ihr Vater in Schwierigkeiten steckt, und will ihm helfen. Sie würde alles tun, um ihn glücklich zu machen, hast du jemals daran gedacht?"

„Unseren alten Herrn zu betrügen? Nein. Das ist kein Grund sie zu verteidigen."

„Ist das dein Ernst? Du weißt doch, dass sie zum Teil recht hat, was uns betrifft. Wir haben noch keinen Tag in unserem Leben gearbeitet. Sie hingegen arbeitet im Two Sheets und manchmal in einem Diner in der Stadt. Wir benehmen uns manchmal wirklich wie verzogene Idioten."

Ich arbeitete hart. Ich gab alles für Baseball und mein Studium. Ich behandelte meinen Körper wie einen Tempel und meinen Geist ebenso. Sollte ich mich dafür entschuldigen, dass ich nicht in einer Bar oder einem Diner arbeitete? Dad wollte, dass wir eine gute Zeit in Yale hatten, und genau das taten wir auch, und dafür war ich niemandem Rechenschaft schuldig, besonders nicht jemandem wie Bianca.

Das wollte ich gerade Carlo mitteilen, da klingelte mein Telefon.

· · ·

Dad: Keine Sorge, ich habe Paul das Geld gegeben. Alles ist gut. Er braucht es für Biancas Studium. Ich fahre jetzt nach Hause. Wir sehen uns in ein paar Wochen.

„Verdammt, nein!", brüllte ich, als ich die Nachricht las.

„Was ist?"

„Dad hat Paul das Geld gegeben. Wenn deine kostbare Bianca nur einen Funken Anstand hat, dann gibt sie das Geld zurück. Ich hasse Bettler, und noch mehr hasse ich Diebe."

„Verdammt, Alessandro, beruhige dich. Du bist verrückt."

Ich schüttelte den Kopf. „Nein. Bin ich nicht."

„Ich habe dich ja schon oft hitzköpfig erlebt, aber so noch nie. Bist du sicher, dass Bianca dir nicht unter die Haut geht?", fragte er grinsend.

Ich beachtete seine Frage gar nicht und stand auf, um zu gehen.

„Wo willst du hin?"

„Ich gehe laufen. Dann schaue ich im Two Sheets herein, wenn Bianca ihre Schicht anfängt."

„Woher weißt du, wann ihre Schicht anfängt?"

Ich verließ wortlos die Küche und ging in mein Zimmer, um meine Laufsachen anzuziehen. Ich wollte nicht verraten, dass ich mehr über Bianca wusste, als ich zugab. Ich wollte Carlo nicht die Befriedigung geben zu erfahren, dass Bianca mir nicht aus dem Kopf ging. Das Joggen sollte mich beruhigen, sodass ich nicht überreagieren würde, wenn ich sie sah.

Jedenfalls hoffte ich das.

KAPITEL 8

BIANCA

Im Two Sheets war es ruhig, das war der Vorteil, wenn man in der Frühschicht arbeitete. Um diese Zeit war es immer ruhig, nicht so stressig, wie die Spätschicht. Erika sagte, dass ich verrückt sei, dass es nichts Besseres gäbe, als den Abend, und all die verrückten Sachen, die sich dort abspielten und die Arbeit so unterhaltsam machten, dass die Zeit viel schneller verging. Ich musste zugeben, dass sie viel mehr Trinkgeld bekam als ich … aber sie war auch sehr viel freundlicher. Ich gab den Kunden ihr Getränk und ihre Häppchen und hielt mich nicht länger mit ihnen auf. Erika bediente sie nicht nur, sondern unterhielt sich auch mit ihnen, ohne dass sich jemals eine Schlange bildete.

Ich verlor mich in Tagträumen über Alessandro und fragte mich, warum es mir so schwerfiel, ein Thema für meine Abschlussarbeit zu finden.

„Vielleicht hat er ja recht und ich bin wirklich eine Hochstaplerin", murmelte ich vor mich hin. Als ich aufblickte, sah ich wie der Mann, den ich eigentlich gar nicht sehen wollte, ins Two Sheets gestürmt kam.

„Wir müssen reden, jetzt sofort", herrschte Alessandro mich an.

Dann wandte er sich an James, den Manager, und sagte: „Können wir ein paar Minuten in dein Büro gehen?"

James zuckte die Schultern, um uns zu verstehen zu geben, dass es ihm egal war. Ich wünschte, jemand würde mich fragen, was ich wollte.

„Also los, beweg dich", befahl Alessandro und deutete auf das Büro.

Ich schüttelte den Kopf. „Nein. Ich habe dir nichts zu sagen. Wir haben heute Morgen schon alles gesagt, was zu sagen ist, und was mich betrifft, je weniger ich dich in meinem Leben sehe, desto besser."

Er legte beide Hände auf die Theke und knurrte laut genug, dass alle es hören konnten: „Gib das Geld zurück, dass ihr meinem Vater gestohlen habt."

Mehr musste er gar nicht sagen, und das wusste er genau. Die wenigen Leute, die in der Theke standen, drehten sich zu uns um und starrten uns an.

„Gehen wir nach hinten."

„Gute Idee", stimmte er zu.

Ich ging langsam, und versuchte, herauszufinden, was wohl zwischen jetzt und heute Morgen geschehen war. Bevor ich meinen sicheren Bereich hinter der Theke verließ, zog ich mein Handy hervor und wählte Dads Nummer.

Der Anruf ging direkt zum AB.

Scheiße.

Als ich in James' Büro ankam, saß Alessandro bereits auf dessen Stuhl und wartete auf mich. Er war so verdammt unausstehlich, dass ich es nur wenige Minuten zusammen mit ihm in einem Raum aushalten würde. Alles andere wäre zu viel.

„Mach die Tür hinter dir zu."

Ich setzte mich hin, als ob ich in das Büro des Schuldirektors gerufen worden wäre und keine Ahnung hatte, was ich ausgefressen haben sollte.

„Du musst die fünfzigtausend Dollar zurückgeben, die mein Vater für dein Schulgeld berappt hat. Wenn du dir das Studium nicht leisten kannst, dann solltest du es aufgeben. Oder dir noch einen Job besorgen."

„Wie bitte?!"

Ich hatte keine fünfzigtausend Dollar bekommen und ich brauchte keine Hilfe bei der Finanzierung meines Studiums.

„Was für einen Unsinn redest du da? Mein Onkel Floyd bezahlt mein Schulgeld. Ich habe keine fünfzigtausend Dollar von deinem Vater angenommen. Jetzt nicht und niemals."

Ich drehte mich um, um zu gehen, aber er war schneller als ich und versperrte die Tür.

„Lügnerin", zischte er.

Ich schüttelte den Kopf. „Du kennst mich nicht. Du weißt nichts über mich, auch wenn du das glaubst. Aber wenn ich dir sage, dass ich das Geld deines Vaters nicht habe, dann ist das die reine Wahrheit!"

Auf einmal zog er mich an sich und küsste mich. Ich öffnete die Lippen und erlaubte ihm, an meiner Zunge zu saugen, während er den Kuss vertiefte und seine Zunge wie ein Schwert mit meiner kämpfte. Ich spürte, dass sein Schwanz härter wurde und sich gegen meinen Unterleib presste, als er mich enger an sich zog. Zwischen meinen Schenkeln wurde es feucht. Eigentlich hätte ich ihm befehlen sollen aufzuhören, aber der einzige Laut, den ich hervorbringen konnte, war ein leises Stöhnen.

„Alles okay da drin?" James klopfte an die Tür.

Es war, als würden wir plötzlich aus unserem Sextraum aufwachen. Wir hatten beide rote Gesichter und er ließ mich los wie ein zurückgewiesener Liebhaber und öffnete wortlos die Tür.

James Blick wanderte von Alessandro zu mir. „Bist du okay?"

Ich nickte. Ich war feucht – mein Höschen war komplett durchweicht – also ging ich zur Toilette. Nicht nur, um mein Höschen zu trocknen, sondern auch, damit sich mein rasendes Herz beruhigen konnte.

Ich war noch nie so leidenschaftlich geküsst worden und meine Gedanken wanderten zurück zu dem, was Erika vorhin gesagt hatte.

Ich hatte es kaum für möglich gehalten, aber sie hatte recht. Alessandro war hinter mir her.

Bis heute war ich nur von zwei Jungs geküsst worden. Ben, meinem Ex, und Tom, der mich beim Klassentreffen geküsst hatte. Er hatte mich damals nur eingeladen, weil ich eines der letzten Mädchen in der Klasse war, das noch nicht gefragt worden waren. Dann gestand er mir, dass er in meine Nachbarin verknallt war. Ich verstehe bis heute nicht, warum er mich geküsst hat. Aber einer Sache war ich mir ganz sicher – ich würde nicht mit ihm zum Abschlussball gehen.

Ben war mein erster offizieller Freund und er behandelte mich wie eine Art Sexmaschine. Er küsste mich nur, wenn wir in seinem oder meinem Zimmer allein waren und er versuchen wollte, mehr von mir zu bekommen. Eigentlich hätte ich ihn damals abservieren sollen, nicht er mich.

„Ich mache Schluss für heute Abend, James", rief ich über den Lärm der Menge hinweg.

„Danke, dass du länger geblieben bist."

Ich nickte. Erika hatte beschlossen, mit Hank und seinen Freunden auszugehen, also hatte ich nichts Besseres vorgehabt. Zwar hätte ich schon längst Omi und Onkel Floyd anrufen sollen, aber das schob ich vor mir her.

Mein Leben war in den letzten vierundzwanzig Stunden völlig aus den Fugen geraten. Ich wusste nicht, ob Onkel Floyd die Mittel hatte, um die Russos zu bezahlen, aber wenn das nicht der Fall war, dann würde ich mein Studium aufgeben und arbeiten, um ihnen das Geld zu erstatten. Die Vorstellung, ihnen Geld zu schulden, war schrecklich, und ich wusste, dass sie mein Leben zur Hölle machen würden, bis sie jeden Cent zurückbekommen hatten.

Ich hatte noch immer die Bücher in meiner Tasche, also beschloss ich, schnell etwas zu essen und dann in die Bücherei zu gehen. Eine Sache war sicher, ich war die langweiligste Studentin in Yale. Ich hatte keine Freunde, keine Liebe und würde meinen Samstagabend in der Bücherei verbringen.

Dass die Russos wegen des Geldes hinter mir her waren, war wahrscheinlich das Aufregendste, was mir, seit ich hier war, passiert war. Bis auf den Kuss.

In der Zwischenzeit versuchte ich immer wieder, meinen Vater zur erreichen. Irgendwann würde er abnehmen oder mich zurückrufen. Allerdings hatte ich vorher fünf Jahre lang nichts von ihm gehört, also könnte es gut möglich sein, dass er sich jahrelang wieder nicht melden würde.

KAPITEL 9

Ich hatte Bianca Textnachrichten geschickt, aber sie hatte nicht geantwortet.

Alessandro war auf dem Kriegspfad. Er hatte mit Rik telefoniert und herausgefunden, wo Paul war. Er wollte sich das Geld bis auf den letzten Cent von ihm zurückholen.

Es war unvorstellbar, dass er ins Two Sheets gegangen war und Bianca beschuldigt hatte, Dads Geld genommen zu haben. Ich versuchte, ihm zu erklären, dass unser Vater ein erwachsener Mann war. Er wusste, was er tat, als er Paul das Geld gab, und ehrlich gesagt, ging es Alessandro auch gar nichts an. Aber er hörte einfach nicht auf mich. Weder

Adolfo noch ich konnten verstehen, warum er so verrückt war.

Ich klopfte an Biancas Tür und wartete geduldig. Ich hatte Croissants und Kaffee aus der Bäckerei mitgebracht. Es war als erste romantische Geste gedacht, in der Hoffnung, sie beim Frühstück zu überzeugen, dass wir nicht alle so verrückt waren wie Alessandro.

Ich hoffte, dass sie kein Langschläfer war … vielleicht war zehn Uhr zu früh für sie. Schließlich arbeitete sie ja in einer Bar. Allerdings hatte sie bestimmt heute noch Kurse …

Ich wollte gerade aufgeben, als eine tränenüberströmte Bianca die Tür öffnete.

„Bianca?"

„Sorry, ich … ich weiß nicht, was los ist. Ich meine … es tut mir leid", sagte sie zwischen herzzerreißenden Schluchzern. Ich hatte keine Ahnung, was passiert war, aber sie lächelte unter Tränen, als sie die rote Rose sah, die ich mitgebracht hatte, und den schönen blauen Karton, den ich trug.

„Darf ich reinkommen?"

Sie nickte, als sie zur Seite trat.

Die Gardinen waren zugezogen und ich konnte an ihrem Gesichtsausdruck erkennen, dass sie nicht in Stimmung für Gesellschaft war.

Das bedeutete, dass sie dringend Gesellschaft brauchte.

„Wo ist deine Mitbewohnerin?"

Sie zuckte die Achseln. „Weiß nicht."

Ich schloss die Tür hinter mir und stellte die Croissants und die Rosen auf den Tisch. Dann öffnete ich die Gardinen, um die Sonne hereinzulassen und schaltete das Licht aus. Ihr Bett war gemacht, aber daneben lag ihr Handy. Ich nahm an, dass es ihr Bett war, denn über dem anderen Bett auf der anderen Seite hingen Fotos von ihrer Mitbewohnerin und ihrem Freund. „Der amerikanische Traum" wurden sie auf dem Campus genannt. Alle wollten so sein wie sie, das Paar, das zusammen ins College gekommen und im Abschlussjahr immer noch zusammen war.

„Was ist passiert?", fragte ich sie, als sie sich neben ihrem Telefon auf den Boden sinken ließ, sich gegen ihr Bett lehnte und die Knie an die Brust zog.

„Erst hat dein Bruder mich beschuldigt, eine Diebin zu sein, und jetzt kann ich meinen Vater nicht erreichen. Erst ging er nicht ans Telefon und jetzt ist es abgeschaltet." Sie warf den Kopf auf das Bett und wischte sich sie Tränen aus den Augen. „Das ist alles meine Schuld. Ich habe jedes Krankenhaus und jede Polizeistation angerufen, um zu fragen, ob er irgendwo gemeldet ist. Nichts. Ich weiß nicht mehr, was ich tun soll."

Ich beugte mich lächelnd zu ihr hinab. „Beachte meinen Bruder gar nicht, er ist ein Idiot. Komm, mach dich fertig. Wir gehen frühstücken und überlegen uns einen Plan."

„Hast du nicht etwas zu Essen mitgebracht?", fragte sie, mit einem Blick auf den Tisch, wo ich die Croissants abgestellt hatte.

„Ich denke, es ist besser, dich aus diesem Zimmer heraus zu bekommen."

So wie sie sich gerade fühlte und dachte, war es keine gute Idee hierzubleiben. Sie musste raus. Ich konnte sie nicht mit in meine Wohnung nehmen, da ich mit meinen Brüdern zusammenwohnte, und wir dort keine Privatsphäre hätten. Mindestens einer von ihnen hätte ein Problem damit, dass ich sie mitbrachte, was einer der Gründe war, dass ich heute Morgen das Haus verlassen hatte. Ich mied Alessandro wie die Pest. Auch wenn er mein großer Bruder war, eins war sicher … im Moment ging er mir schwer auf den Sack.

Ich holte mein Auto und wir fuhren in die Stadt. Bianca hatte bisher kaum etwas von der Stadt gesehen, weil sie immer nur arbeitete. Alessandro verurteilte sie dafür, aber ehrlich gesagt, sie war eine harte Nuss und dafür bewunderte ich sie.

„Ich nehme an, du warst noch nie hier?"

Das Zinc New Haven war mein Lieblingscafé in der ganzen Stadt. Viele Leute kamen zum Entspannen nach dem Sport hierher, oder, wie meine Brüder und ich, um mit Freunden nach einer langen Party zu chillen, bevor wir ins Bett gingen.

Dad sagte, wir sollten es so lange wir jung waren genießen, so lange zu feiern, denn je älter man wurde, desto früher würde man abends müde. Das gefiel mir gar nicht, aber ich bezweifelte, dass es stimmte, denn wenn unsere Eltern mit Familie und Freunden feierten, dann machten sie auch die ganze Nacht durch. Sie tanzten, spielten ihre alten Lieder und tranken, als ob es kein Morgen gäbe.

„Ich habe noch nie von diesem Café gehört", sagte sie leise, als wir uns hinten im Café an einen Tisch setzten. Meine Brüder und ich kannten die Besitzer – wir verbrachten so viel Zeit hier, dass es ganz normal war, dass wir uns anfreundeten, eine Gewohnheit, die wir von unseren Eltern übernommen hatten. Die Besitzer waren ein junges Paar, das meinen Vater an seine Eltern erinnerte, als sie damals nach Amerika kamen.

„Ja, es ist nicht auf dem Radar." Ich lächelte sie an. Sie trug ein schwarzes Kleid, das sehr viel länger war als das, das sie zum Abendessen getragen hatte, aber ich hatte das Gefühl, dass sie sich mehr Mühe mit ihrer Kleidung gab, nach den Kommentaren, die mein Bruder losgelassen hatte. Sie hatte ihr Haar zu einem losen Knoten gebunden, wie gestern Abend, und hatte roten Lippenstift aufgetragen. Beim Anblick ihrer vollen Lippen, die von dem sanften Rotton betont wurden, bekam ich Lust, sie zu küssen.

„Also, was hättest du gern? Kaffee, heiße Schokolade, Tee? Etwas zu essen?"

Sie lächelte. „Ich nehme das, was du nimmst."

„Einen Mocha und Croissants, also."

Als ich aufstand, um unsere Bestellung aufzugeben, wirkte sie bereits sehr viel entspannter als im Auto. Ich wollte, dass sie sich wohlfühlte. Innerhalb kürzester Zeit hatte ich unser Frühstück. Carol, die Bedienung, die meistens hier arbeitete, wenn wir kamen, hatte bereits angefangen, meine Bestellung vorzubereiten, als ich sie an der Tür begrüßte. Sie fragte nie, was wir wollten, sondern fing direkt an, alles zu machen. Wir waren Gewohnheitstiere und bestellten immer das Gleiche, also brauchte sie uns meist gar nicht mehr zu fragen.

Als ich zu unserem Tisch zurückkam, stellte ich erfreut fest, dass Biancas Tränen getrocknet waren und sie weniger angespannt wirkte.

„Toll. Das sieht echt lecker aus."

Ihr Blick ruhte auf den appetitlich angeordneten Marshmallows in dem Kaffeebecher.

„Daran könnte ich mich gewöhnen", sagte Bianca und fischte sich die Marshmallows von ihrem Mocha. Alles hier wurde vor Ort zubereitet und war deshalb immer frisch. Das gefiel uns so sehr an diesem Café.

Ich stimmte ihr zu. „Ja, wir kommen mindestens zwei Mal pro Woche hierher. Normalerweise nachdem wir abgefeiert haben und noch nicht nach Hause wollen."

„Ihr habt ein Auto, das macht es natürlich leichter."

Ich lachte. „Na ja, wenn wir richtig gefeiert haben und nicht mehr fahren können, dann nehmen wir den Bus."

„Ich kann mir nicht vorstellen, dass ihr euch zu öffentlichen Verkehrsmitteln herablasst. Besonders Alessandro."

„Selbst König Alessandro nimmt öffentliche Transportmittel. Er ist nicht immer so ein Ekel … nur in der letzten Zeit, seit dem Abend mit deinem Vater, ist er sehr angespannt. Er ist besessen von der Idee, dass man uns wegen unseres Geldes ausnutzen könnte, und wird dann manchmal etwas abweisend. Aber dieses Mal hat er es echt übertrieben und ich möchte mich für den Mist entschuldigen, den er zu dir gesagt hat."

Sie zog eine Augenbraue hoch und stellte ihren Mocha ab, überrascht, dass ich zugab, dass mein Bruder sich wie ein Idiot verhalten hatte. „Er hat es dir erzählt?"

„Nicht alles, aber ich habe den Eindruck gewonnen, dass er sich nicht gerade wie ein Gentleman verhalten hat. Wenn unser Vater deinem helfen wollte, dann ist das seine Sache. Dad ist ein erwachsener Mann. Selbst wenn Paul ihm etwas vorgelogen hat, um ihm das Geld aus der Nase zu ziehen. Dad ist kein Dummkopf ... er wusste genau, dass er es nicht für dein Studium haben wollte. Das habe ich Alessandro auch gesagt, aber er lässt nicht locker. Ich vermute, dass er verknallt in dich ist. Ich habe ihn noch nie so aufgewühlt gesehen."

Sie verschluckte sich an dem letzten Schluck ihres Mochas und wurde ganz rot im Gesicht.

„Entschuldige, ich wollte dich nicht in Verlegenheit bringen."

„Ich verstehe ihn einfach nicht. Erst schreibt er mir eine Nachricht, dass er mich schön findet, dann verhält er sich, als ob er mich nicht ausstehen kann, und dann …"

Ich unterbrach sie, weil ich dachte, dass es an der Zeit war, ihr die Wahrheit zu sagen.

„Alessandro hat die Nachricht nicht geschrieben. Das war ich. Ich habe dich getäuscht. Ich bin derjenige, der dich mag."

„Sowie die meisten anderen Mädchen auf dem Campus", murmelte sie vor sich hin. Ich hatte den Eindruck, dass diese Worte nicht für meine Ohren bestimmt waren, aber ich hatte sie ganz deutlich verstanden.

„Warum? Weil ich gern flirte? Nur weil ich mit ihnen flirte, heißt das noch lange nicht, dass ich sie will."

Sie wusste wirklich nicht, wie sexy sie war. Ich hatte das Gefühl, dass sie das niemals richtig herausgefunden hatte, weil sie so oft umgezogen war. Sie hatte sich niemals irgendwo richtig zu Hause gefühlt, vielleicht hatte sie deshalb das Bedürfnis, sich ständig unsichtbar zu machen. Ich wollte ihr helfen. Ich musste einfach mehr über sie wissen.

„Wann war das letzte Mal, dass du mit deinem Vater Kontakt hattest?"

„Vor dem Frühstück? Vor fünf Jahren. Wir hatten einen riesigen Streit."

„Oh?"

Ich konnte kaum glauben, dass sie so offen mit mir sprach. Ich hatte erwartet, dass sie mir ausweichen würde, aber wenn sie sich öffnen wollte, würde ich ihr nicht im Weg stehen.

„Ja, er wollte wieder umziehen, wie wir es unser ganzes Leben lang gemacht hatten. Jedenfalls seit dem Tod meiner Mutter. Neue Stadt. Neues Zuhause. Jemand ist hinter mir hier, wir müssen sofort los. Es ist eine endlose, langweilige Geschichte."

Ich zuckte die Achseln. „Ich habe nichts vor, vielleicht tut es dir gut, darüber zu reden."

„Ich habe bis jetzt nur einer Person meine Geschichte erzählt", gab sie zu. „Erika. Meiner Mitbewohnerin. Eigentlich ist sie die einzige Freundin, die ich in meinem Leben gehabt habe."

Ich nickte, und sie fing an über ihre Reisen zu erzählen, und wie ihre Mutter gestorben war. Ich tröstete sie, als sie anfing zu weinen. Ich hatte noch nie ein Mädchen getröstet, geschweige denn Interesse an ihrer Lebensgeschichte gezeigt, hauptsächlich wohl, weil die Mädchen, mit denen ich zusammen war, niemals wirklich interessant oder traurig gewesen waren. Aber Bianca war etwas Besonderes. Sie war ein goldener Vogel und ich wollte ihren Käfig öffnen und sie freilassen. Ich hatte keinerlei Zweifel daran, dass sie anders war. Ich wollte ihr noch nicht mal die Kleider vom Leib reißen und sie verführen, wie ich es an dem Abend neulich wollte. Nein, ich wollte sie beschützen und auf sie achten, damit es ihr gut ging.

KAPITEL 10

Es war schon eine Woche vergangen und ich hatte noch immer nichts von meinem Vater gehört. Ich versuchte, mir keine Sorgen zu machen. Carlo hatte versprochen, dass er versuchen würde, etwas herauszufinden. Er hatte recht … Dad war bereits einmal für fast fünf Jahre von der Bildfläche verschwunden. Wenn er soweit war, dann würde er schon wieder auftauchen. Ich musste einfach nur abwarten.

„Warum ziehst du dich denn heute so schick an?", fragte Erika neckend.

„Sollte sich nicht jedes Mädchen ab und zu schön machen?"

Sie schüttelte lachend den Kopf. „Bitte!

Du hast noch nie einen Minijeansrock getragen, oder dein Haar geflochten ... ich wusste ja gar nicht, dass du überhaupt dein Haar flechten kannst! Und du trägst ein durchsichtiges Top, sodass jeder deine Möpse sehen kann!"

„Hör auf!" Ich musste so lachen, dass es mir nicht gelang, meinen Lippenstift aufzutragen.

„Gott sei Dank gibt es Instagram. Es gibt jede Menge Anleitungsvideos zum Haareflechten, mit Mädchen, die ähnliches Haar haben wie ich. Carlo hat heute ein Spiel. Ich werde zuschauen und wenn er gewinnt ... nun, wer weiß", sagte ich kokett.

„Sieh mal einer an!"

Ich seufzte. „Glaubst du, ich mache einen Fehler? Ich meine, er hat mich eigentlich gar nicht angebaggert. Er holt mich ab, um mich zu meinen Kursen zu bringen, obwohl seine auf der anderen Seite des Campus stattfinden. Dann gibt er mir einen züchtigen Kuss auf die Wange, einmal sogar auf den Mund, aber nicht mehr. Er ist total kalt, im Gegensatz zu früher."

Sie lachte. „Bianca Young, oh, wie die

Mächtigen gefallen sind. Ich kann mich noch gut daran erinnern, dass du wie eine Dame behandelt werden wolltest. Und jetzt möchtest du eine der Eroberungen der Russo-Brüder sein."

Ich schüttelte den Kopf. „Nein, so ist es nicht."

Ich wollte, dass sie mich ernst nahm, statt sich über mich lustig zu machen, also legte ich den Lippenstift beiseite und bedeutete ihr, sich neben mich auf das Bett zu setzen, der einzige Platz, wo wir nebeneinandersitzen und reden konnten. Die letzte Woche war großartig gewesen, aber ich erwartete mehr von Carlo als einen Kuss auf die Wange.

„Was ist es dann?"

„Zuerst wollte er, dass ich ihm diese Textnachrichten schickte, aber jetzt nicht mehr. Es ist, als ob er mich gar nicht als eines dieser Mädchen betrachtet. Als Mädchen, mit dem er zusammen sein will. Es ist genauso wie bei Ben."

Sie sah mich entrüstet an. „Ich wünschte, du würdest damit aufhören, jeden Mann mit diesem Arschloch zu vergleichen. Er hat dich nur verlassen, weil du nicht mit ihm ins Bett gegangen bist. Jetzt ist er mit Cristina zusammen. Sie schläft mit ihm und trotzdem fickt er jede, die er in seine schmierigen Hände bekommt. Er ist einfach ein mieser Kerl. Du solltest gar nicht über ihn reden, geschweige denn an ihn denken."

Ich konnte nicht fassen, was sie da sagte.

„Nein. Warum sagst du so was? Wir haben uns getrennt, weil wir es beide für das Beste hielten."

Erika legte beruhigend ihre Hand auf meine Schulter. „Das hast du mir erzählt, aber Ben erzählt überall eine ganz andere Geschichte. Hank war einmal mit Ben und ein paar anderen Typen aus, und sie haben darüber gelacht, dass du so frigide warst. Hank hat ihm die Meinung gesagt, und den Jungs gesagt, dass wahre Schönheit von innen kommt, und Ben ein echtes Arschloch sei, so etwas herumzutratschen. Er hat wirklich kein Geheimnis daraus gemacht. Du hast das nie mitgekriegt, weil du dich immer zurückgezogen hast, und ich wollte dich vor der Wahrheit schützen. Jetzt wünsche ich, ich hätte das nicht getan, denn dann hättest du nach vorn geschaut, so wie du es jetzt machst."

Ich nickte. Was Erika sagte, machte Sinn. Ich hatte mich immer gewundert, dass er so schnell nach unserer Trennung eine Beziehung mit Cristina eingegangen war, und nun betrog er sie auch noch. Ich versuchte mich zu überzeugen, dass er unschuldig und alles meine Schuld gewesen war, aber in meinem Inneren wusste ich, dass ich mir etwas vormachte.

„Gibst du mir mal dein Handy?", bat Erika.

In Gedanken verloren reichte ich es ihr. Ich dachte an Ben, und was ich tun und sagen würde, wenn ich ihn das nächste Mal sah.

Sie nahm meinen Daumen, um es zu entriegeln und fing an zu tippen.

„Warte. Was schreibst du da?"

Ich: Ich sehe mir das Spiel an, ohne Höschen. Du bekommst deine Belohnung, wenn du gewinnst.

· · ·

„Senden!", sagte sie zufrieden und drückte entschieden den Knopf.

„Oh mein Gott! Sag nicht, du hast das Carlo geschickt."

Sie nickte. „Oh doch, das habe ich. Wenn du fertig geschminkt bist, dann gehst du besser ins Bad und ziehst dein Höschen aus."

„Aber dann erwartet er doch etwas."

„Gut", erklärte Erika. „Weißt du, Sexting bedeutet nicht nur, dass Männer dir schmutzige Textnachrichten schreiben … das läuft in beide Richtungen. Wenn du Carlo wissen lassen willst, dass du bereit bist, dann musst du ihm das schon zeigen."

Mein Handy piepste. Ich war zu feige, die Nachricht zu lesen und hörte mit geschlossenen Augen zu, als Erika sie vorlas.

Carlo: Dann muss ich heute Abend gewinnen. Der Sieg ist mein!

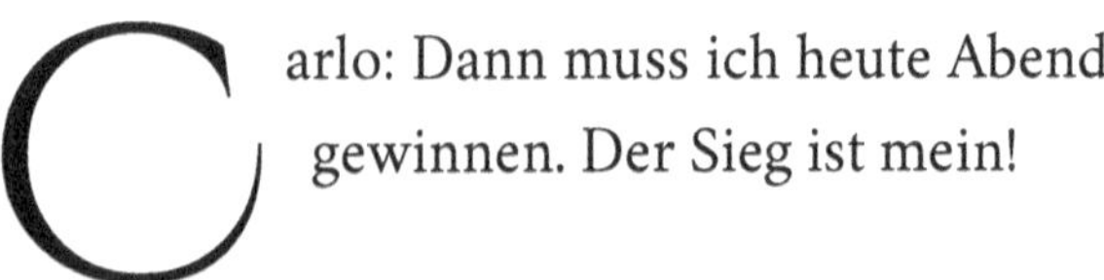

.   .   .

„**D**u solltest ihn nicht enttäuschen", riet Erika. „Dein Italienischer Hengst wird heute Abend alles tun, um zu gewinnen, damit er mit dir Sex haben kann. Siehst du, mit dir ist alles in Ordnung. Er will dich, liebe Freundin. Er will dich wirklich sehr."

Ich lächelte, schüttelte aber den Kopf bei der Vorstellung, dass er mich begehrte. Er konnte jedes Mädchen auf dem Campus haben. Dass er gerade mich wollte, fühlte sich an wie ein Märchen … hoffentlich eines, das wahr werden würde.

KAPITEL 11

ADOLFO

Ich wartete auf Carlo, der sich für sein Spiel fertig machte. Ich wollte ihn anfeuern, während Alessandro noch immer verschollen war. Er antwortete nicht nur nicht auf unsere Anrufe, sondern hatte sogar sein Telefon abgestellt.

„Warum muss er so verdammt dramatisch sein!", entfuhr es mir. Carlo verdrehte die Augen; er musste nicht einmal fragen, von wem ich sprach.

„Scheißegal. Ich habe heute Abend ein heißes Date, und weder du noch unser großer Bruder werden sich mir in den Weg stellen."

„Bianca?"

Er nickte. „Genau, und nach der heißen Nachricht, die sie mir gerade geschickt hat, brauchst du später nicht auf mich zu warten. Sollte ich doch zurückkommen, wage es nicht an meine Tür zu klopfen."

„Bitte, als ob ich das tun würde. Ich werde heute Abend wahrscheinlich sowieso mit einem der Mädchen aus meinem Fanklub ausgehen."

Er schüttelte den Kopf. „Hast du es immer noch nicht gründlich satt, immer nur Spiele mit Mädchen zu spielen? Willst du keine Frau?"

„Wie, so wie Bianca?"

„Genau!", sagte er und zeigte mit dem Finger auf mich. „Ich finde, sie ist etwas Besonderes, nicht wie diese ganzen verzogenen Gören, mit denen du dich so gern umgibst. Sie hat schon allerhand mitgemacht und weiß wie man alles Mögliche überlebt. Was ist das Härteste, das Chanel jemals mitgemacht hat, he? Die Entscheidung, ob sie ihre Gucci oder Louis Vuitton Tasche mitnehmen soll? Ich meine, sie wissen gar nicht, wie schwer das Leben sein kann."

„Wie bitte, und du weißt es?", fragte ich,

als er seine Sporttasche nahm, und endlich bereit war zu gehen.

„Nein."

„Ich glaube, du denkst viel zu viel nach. Während des Studiums soll man Spaß haben. Ist doch scheißegal, ob ein Mädchen dies oder das will. Interessiert mich nicht die Bohne. Ich will nur Sex, Basketball und Spaß haben, und nicht unbedingt in der Reihenfolge. So solltest du es auch machen."

Er seufzte. „Bruder, du musst noch viel über das Leben lernen."

Ich ignorierte seinen Kommentar, als wir die Wohnung verließen, und hörte zu, wie er mit seinen Footballfreunden rumalberte. Wenn ich eine Sache beim Football hasste, dann, dass sie nicht nur auf dem Spielfeld Grobiane waren, sondern auch im täglichen Leben. Carlo war okay, aber er verwandelte sich sofort in einen von ihnen, wenn er mit seinen Sportkameraden zusammen war.

Ich war nicht ins College gekommen, um mich niederzulassen. Ich war zweiundzwanzig, nicht zweiundvierzig, verfickt noch mal. Carlo hatte sich total verändert, durch alles, was er mit Bianca vorhatte, wie zur Ruhe zu kommen. Wieder wäre das der Anfang einer neuen Ära für uns. Das war Alessandro passiert, als seine Freundin ihn zwang, sich zwischen ihr und uns zu entscheiden. Natürlich hat er sich für uns entschieden, aber es war klar, dass es ihm das Herz gebrochen hatte, und es wurde gerade eben erst wieder normal zwischen uns.

Als Carlo mit seinen Freunden voraus zum Spielfeld ging, machte ich mir Gedanken, ob sich die Geschichte nicht gerade wiederholte. Allerdings fühlte es sich irgendwie anders an. Ich konnte mir nicht vorstellen, dass Bianca so etwas tun würde, wie Carlo zu zwingen, sich zwischen ihr und uns zu entscheiden ... aber es würde vielleicht ganz von allein passieren und dann würde sich wieder ein Abstand zwischen uns ergeben.

„Oh, Alessandro ruft an. Wir sehen uns später." Ich winkte Carlo zu. Er winkte zurück und verdrehte die Augen, als er hörte, dass es Alessandro war.

„Bruder", sagte ich, als ich seinen Anruf annahm.

„Du hast ja lange gebraucht, um zu

antworten. Ich rufe schon zum zweiten Mal an.“

„Ja, ich habe mit Carlo gesprochen. Er ist gerade unterwegs zu seinem Spiel.“

„Scheiße, ist das heute? Das habe ich ganz vergessen. Sag ihm, dass ich es leider nicht schaffe.“

Ich nickte und dachte insgeheim, dass Carlo wahrscheinlich ganz froh war, wenn Alessandro heute nicht auftauchte. Obwohl sie mich beide immer als faul bezeichneten, so wurde ich mit Stress viel besser fertig als die beiden zusammen.

„Wo bist du?“

Er sprach mit erstickter Stimme. „Das willst du gar nicht wissen. Paul steckt tief in der Scheiße, Bruder. Ich weiß selbst nicht, warum ich das hier mache, oder warum ich überhaupt hier bin. Hör mal, egal was du tust, erzähle Dad nicht, dass ich ihn verfolge, oder dass ich nicht bei euch bin“

„Du willst, dass ich unseren alten Herrn anlüge? Ich weiß nicht recht, besonders, wenn du in Gefahr bist.“

„Es ist zu spät, verdammt. Bianca ist mir

echt unter die Haut gegangen, und ich baue eine Scheiße, die ich nie für möglich gehalten hätte. Ich weiß nicht, was mit mir los ist. Dieses Mädchen hat meine Gedanken auf den Kopf gestellt, und ich weiß nicht mal warum."

Ich lachte. „Eigentlich habe ich nie an Liebe auf den ersten Blick geglaubt, aber so wie du und Carlo euch benehmt, weiß ich nicht …"

„Was soll das heißen, Carlo? Ist er bei ihr? Oder war er bei ihr?"

„Fahr mal runter, Aless, du benimmst dich irre."

„Ich weiß", stimmte er mir zu. „Ich brauche etwas, um mich umzuhauen, damit ich schlafen kann. Seit ihr mich das letzte Mal gesehen habt, habe ich nicht mehr geschlafen."

„Komm einfach nach Hause. Das ist alles zu viel für dich. Wir sind doch keine Mafiosi. Es hört sich an, als hättest du dich in die Scheiße geritten und weißt nicht mehr, wie du da rauskommen sollst."

Er seufzte. „Stimmt. Paul hat seine

Geschichte nicht nur Dad erzählt, sondern auch ein paar richtig üblen Typen. Ich werde sie morgen treffen und bezahlen. Aber erst muss ich eine Nacht schlafen. Ich checke gerade ein."

„Scheiße, das hört sich zu gefährlich an. Lass mich dir helfen, damit dir nichts passiert."

„Nee, ich hätte diesen ganzen Mist gar nicht erst machen sollen. Ich habe immer Carlo beschuldigt, nur mit seinem Schwanz zu denken, und jetzt mache ich genau das Gleiche."

„Du hast sie gefickt?"

Er schluckte. „Nein. Und ich kann es nicht ausstehen, wenn du dich so vulgär ausdrückst. Ich habe sie nur geküsst, und Gott allein weiß, warum ich das getan habe."

Aha, mein Bruder konnte ihr also nicht widerstehen. Ich hatte es schon geahnt, aber dass er es so offen zugab, überraschte mich sehr. Ich machte mir auch keine Gedanken mehr über die Feiern zum Tag des großen Spiels, als mir plötzlich klar wurde, dass nicht nur einer meiner Brüder hinter Bianca her war, sondern zwei.

„Was ist bloß los, hat sie dich und Carlo verzaubert, oder was?"

„Ich mag keine Spielchen, besonders wenn ich genervt, müde und frustriert bin. Was willst du sagen? Sind die beiden zusammen, oder was?"

„Nein, er hilft ihr nur dabei ihren Vater zu suchen und verbringt Zeit mit ihr. Nichts worüber du dich aufregen müsstest."

Ich wartete darauf, dass er etwas sagte, aber als er sprachlos war, wurde mir klar, dass mein großer Bruder eifersüchtig war. Carlo hatte recht … wir mussten mit Bianca zusammen sein, sonst würden wir uns gegenseitig zerfleischen.

„Sieh zu, dass du etwas Schlaf bekommst und halte mich auf dem Laufenden", sagte ich.

„Mach ich. Schick mir nachher eine Nachricht, wie das Spiel läuft."

„Klar."

Ich legte auf. Ich wusste nicht, ob ich überhaupt zu dem Spiel gehen sollte oder nicht. Ich wollte genau das tun, was Alessandro mir verboten hatte … mich mit unserem Vater in Verbindung setzen. Ich wollte meinen Bruder in Sicherheit wissen, denn, wie er bereits gesagt hatte, kannte er sich in der Unterwelt nicht aus ... aber Dad wohl. Oh, er kannte sich dort verdammt gut aus.

KAPITEL 12

BIANCA

Ich stand mit heftig klopfendem Herzen wie ein kleines Mädchen in einem der Schränke im Umkleideraum. Ich hatte Angst, erwischt und entdeckt zu werden. Erika hatte mich praktisch in den Schrank hineingestopft und die Tür etwas angelehnt gelassen, damit ich atmen konnte.

Ich hoffte, ihr Plan würde aufgehen, denn wenn nicht, dann wäre das richtig peinlich.

„Mann, bist du sicher, dass du nicht mitkommen willst?", fragte einer der Footballer, als Carlo den Eingang erreichte.

Er seufzte. „Nein, ich muss mit meinem Bruder reden. Er kommt nachher, um etwas mit mir zu besprechen."

„Ist Alessandro immer noch verschwunden?"

„Genau, deshalb müssen wir überlegen, was wir unternehmen sollen. Er war auch nicht mehr beim Training. Wenn er so weitermacht, dann wird er rausfliegen."

„Scheiße, Mann. Du solltest jetzt feiern, nicht babysitten."

„Fangt schon mal ohne mich an. Ich komme gleich nach."

„Bis später!"

Danach hörte ich Schritte, die auf mich zukamen, und konnte nur hoffen, dass es Carlo war. Die Vorstellung, dass einer seiner Teamkameraden mich hier finden könnte, war einfach zu peinlich. Außerdem fühlte es sich so an, als hätte ich schon Stunden in diesem Schrank verbracht.

„Du kannst jetzt rauskommen", sagte Carlo und öffnete die Tür.

Ich war total erleichtert, dass er es war.

„Woher wusstest du, dass ich hier bin?"

Er lachte. „Ich nehme an, du hast noch nie Verstecken gespielt. Außerdem glaube ich, dass Erika dein Handy hat, und sie hat mir verraten, dass du hier bist. Allerdings kann ich keine Gedanken lesen … wenn sie mir nicht gesagt hätte, dass du in einem der leeren Schränke in der Nähe des Eingangs steckst, und wenn ich nicht gesehen hätte, dass eine der Türen sich bewegte, dann hätte ich niemals erraten, dass es dieser Schrank war."

„Ich wusste, dass deine Freunde um deinen Schrank herumstehen würden. Also sagte sie mir, dass ich mich woanders verstecken sollte. Und dann, wenn alle anderen weg wären, würdest du kommen und mich finden."

Einen Moment lang stand er da wie ein verlorener kleiner Junge und dann streckte er die Hand aus. Zwischen uns herrschte eine enorme sexuelle Spannung, als ich seine Hand ergriff und mich in seinem Blick verlor. Ich dachte nicht mehr an meine Muskeln, die schmerzten, weil ich so lange im Schrank ausgeharrt hatte. Nein, jetzt konnte ich nur noch an ihn denken.

Seine Lippen.

Seinen kräftigen Körper.

Ich versuchte meinen Blick von dem heißen, männlichen, halb nackten Mann vor mir abzuwenden, aber wie eine rollige Katze ging ich auf ihn zu. Wenn ich jetzt nicht den ersten Schritt tat, dann würde ich es nie tun.

Er knabberte sanft an meinem Ohrläppchen, hob mich hoch und flüsterte mir ins Ohr: „Wir müssen von der Tür weg."

Ich widersprach nicht, fuhr mit den Fingern durch sein Haar und drückte meinen Mund auf seinen. Er streichelte meinen Hintern und unterbrach unseren Kuss. „Es war also nicht gelogen, dass du kein Höschen anhast."

Wieder konnte ich nicht sprechen. Das war es, was ich wollte, aber dann dachte ich, dass es vielleicht zu schnell ging, und dann wieder, dass es nicht schnell genug ging. Als er zwischen unseren Küssen meinen Namen murmelte, wurde ich ganz feucht zwischen den Schenkeln. Unsere Zungen umspielten einander und er befreite mit einer Hand seinen Schwanz und drückte sich an mich.

Er holte tief Luft, hielt meine Arme mit einer Hand über meinem Kopf fest und rieb mit der anderen seinen eisenharten Ständer an meiner nackten Muschi. Ich schnappte nach Luft und stöhnte: „Carlo!"

Er hielt meinen Hintern fest und drückte seine Hüften an mich. Ich versuchte, mit beiden Armen mein Gleichgewicht zu halten, um nicht umzufallen, als er mich gegen den Schrank drängte. Er sah mir tief in die Augen, als er näherkam und beobachtete meine Reaktion, als er seine Lippen auf meine legte.

„Ich bin noch Jungfrau", murmelte ich leise, da ich meinte, dass ich ihm das sagen musste, bevor wir weitergingen.

Er lächelte und streichelte sanft mein Gesicht. „Ich weiß", antwortete er und küsste mich inbrünstig. „Deshalb musst du mir sagen, ob du das auch wirklich willst."

Ich war glücklich, dass er so besorgt um mich war. Ben hatte immer nur das Eine von mir gewollt, und Carlo hielt es nun in den Händen, nahm aber nur Rücksicht darauf, ob ich es auch wirklich wollte. Ich konnte an nichts anderes mehr denken, als von ihm gevögelt zu werden. Ich war durch und durch feucht. Von diesem Moment hatte ich geträumt.

Wie hatte ich mir meine Entjungferung in meiner Fantasie vorgestellt?

In einem nur von Kerzen erleuchteten Schlafzimmer, mit einem Mann, mit dem ich schon ein Jahr zusammen war, und wir beide gemeinsam beschlossen hatten, wann die Nacht der Nächte sein sollte. Nicht in einem Umkleideraum, nachdem ich während des Spiels ohne Höschen, voller Angst, dass jemand es merken könnte, auf der Tribüne gesessen hatte. Es war das genaue Gegenteil zu dem, was ich mir erträumt hatte, aber es war ganz genau das, was ich wollte.

Ich nickte und ermutigte ihn, mich zu nehmen.

Er küsste mich noch einmal und trat dann zurück. Ich war enttäuscht und stand halb nackt da, während ich mich fragte, ob er mich richtig verstanden hatte, und nach Atem rang. Mir war es egal, ob jemand uns hören könnte, wenn es das war, was ihn störte. Doch dann wurde mir klar, dass er nur gegangen war, um ein Kondom zu holen. Er nahm es aus seiner Sporttasche, riss die Packung auf und ich sah lächelnd zu, wie er es überstreifte.

Ich wollte mich auf die Bank legen, aber er schüttelte den Kopf. „Das ist viel zu hart und unbequem. Ich will dich in meinen Armen halten."

Er kam mit seinem harten Ständer auf mich zu, bereit mich zu nehmen. Er glitt langsam und vorsichtig, Stück für Stück, in mich hinein und wartete immer wieder, um sich zu vergewissern, dass er mir nicht wehtat. Ich fragte mich, ob das alles ein Fehler war … er war so besorgt um mich, aber ich wollte nur, dass er mich in Besitz nahm. Ich wollte nicht, dass er mich liebte, schonte und beschützte, aber irgendetwas hielt ihn zurück.

„Ich will das so sehr …"

Das war die Bestätigung, die er brauchte, um sein Tempo zu ändern. Jetzt war er nicht mehr langsam und vorsichtig, sondern drang schneller und härter in mich ein. Ich lächelte und schrie kurz auf, als ich gleichzeitig Schmerz und Lust empfand, doch schließlich schrie ich bei jedem Stoß nur noch vor Erregung auf. Er zog sich zurück und stieß dann seinen Schwanz immer tiefer in meine Muschi hinein. Es war überwältigend.

Je länger und tiefer er mich vögelte, desto näher kam ich dem Höhepunkt und sehnte mich nur noch danach zu kommen. Nicht durch meine eigene Hand oder den Dildo, den ich mir mal gekauft und in meinem Zimmer versteckt hatte, sondern mit einem Mann. Nicht mit einem gewöhnlichen Mann, sondern Carlo Russo.

„Fick mich noch härter!", keuchte ich, als ich kurz vor dem Orgasmus war.

Ich schrie vor Frust auf, als er das Tempo verlangsamte und seine Stöße langsamer und flacher kamen. Er lächelte, weil er wusste, wie sehr ich mich verzehrte. Mein Kitzler schrie nach seiner Berührung, nach der Erlösung, die nur er mir geben konnte.

Endlich wurde er wieder schneller und drang härter in mich ein. Jedes Mal, wenn er zustieß, schrie ich auf und flehte ihn an, mich noch härter zu vögeln, bis ich fühlte, wie er seinen Samen abspritzte und wir beide aufschrien, als wir gemeinsam kamen.

Er ließ meine Hände los und ließ mich beinahe fallen, als er aufhörte sich so schnell zu bewegen und keuchte, als ob sein Leben davon abhinge. Ich war sehr stolz darauf, dass nicht nur ich gekommen war, sondern auch er.

„Du bist echt eine heiße Überraschung, Bianca!"

Ich lachte. „Du bringst mich dazu, Dinge zu wollen, die ich niemals zuvor auch nur in Betracht gezogen hätte."

„Das kann ich kaum glauben", sagte er kopfschüttelnd.

„Lass uns hier abhauen und zu mir gehen. Ich will dich ganz und gar."

„Du hast meine Gedanken gelesen. Aber wir können besser zu mir gehen … meine Brüder sind nicht da."

Er nahm sich ein Hemd und zog es an, dann reichte er mir sein Handtuch und ich wischte mich schnell zwischen den Schenkeln ab. Ich hatte Angst, dass uns irgendjemand in die Quere kommen und unseren Plan, den wir so schnell gefasst hatten, verderben könnte. Ich wollte ihn auf mir, sodass wir jeden Zentimeter unserer Körper spüren konnten, und das Verrückte war, dass Carlo das offensichtlich auch wollte.

Innerhalb weniger Minuten war ich von einer Jungfrau zu einer Frau geworden, die ihren Mann in jeder Stellung des Kama Sutra und mehr haben wollte.

KAPITEL 13

ALESSANDRO

Jemand klopfte an die Tür.

Fuck! Hatten sie mich schon gefunden? Ich hatte ihnen nicht gesagt, wo ich abgestiegen war, und erst recht nicht meinen Namen. Ich bekam Angst, als das Trommeln an der Tür immer lauter wurde. Warum zur Hölle hatte ich mich in diesen ganzen Scheiß eingemischt?

Ich hatte noch zwei Stunden Zeit, bevor ich mich mit ihnen treffen sollte. Eigentlich wollte ich vorher noch etwas schlafen, aber ich bekam kein Auge zu.

„Aless, ich bin es!", sagte eine Stimme von der anderen Seite der Tür. Ich wusste genau, wer es war und verspürte eine enorme Erleichterung.

Ich hatte mich in einem billigen Motel einquartiert, etwas was ich bisher nicht kannte. Wir hatten immer nur in Luxushotels gewohnt. Ich hatte bei meiner Ankunft nicht mit meiner Goldkarte gewedelt, damit niemand sehen konnte, dass ich Geld hatte. Ich hatte mich vorher in einem Walmart mit Klamotten eingekleidet, in denen ich mich sonst niemals sehen lassen würde, aber ich dachte, das wäre das Richtige. Ich war da in einem Haufen Scheiße gelandet, in einer Welt, von der ich keine Ahnung hatte, und ich musste die ganze Zeit nur an Bianca denken.

Sie hatte in ihrem Leben oft Angst haben müssen. Sie war ständig auf der Flucht gewesen, und ich bekam hier nur einen kleinen Vorgeschmack von dem was sie hatte durchmachen müssen, deshalb stieg mein Verlangen nach ihr ständig an. Sie hatte mir nicht gesagt, dass ich mich in ihre Angelegenheiten einmischen sollte, aber hier war ich und hätte mir am liebsten in die Hose gepinkelt.

„Eine Minute", sagte ich mit zitternder Stimme.

Ich öffnete die Tür und dort stand Rik, Privatdetektiv, Fahrer und rechte Hand unseres Vaters. Ich konnte mich an keine Zeit in meinem Leben erinnern, in der Dad nicht Rik gerufen oder an seiner Seite gehabt hatte. Ich wusste, dass er nicht nur für ihn fuhr oder Erkundungen einzog, aber ich wollte es auch gar nicht so genau wissen.

„Dein Vater schickt mich. Er sagte, du seist in irgendwelche Scheiße hineingeraten. Lässt du mich rein?"

Ich trat in dem dunklen Raum ein Stück zur Seite. Ich hatte Angst gehabt das Licht anzumachen, weil ich nicht wissen wollte, ob das Geräusch, das ich gehört hatte, von einer Ratte oder nur meiner Fantasie entstammte.

Ich schloss die Tür hinter seiner großen, dunklen Gestalt. Ich war schon fast einen Meter neunzig groß, aber Rik überragte mich noch und dank seiner militärischen Vergangenheit hatte er sich immer gut in Form gehalten. Wenn unser Vater bedroht wurde, was nicht selten geschehen war, war Rik immer zur Stelle, um das Problem zu lösen. Das Problem verschwand auch auf wundersame Weise. Keiner fragte danach, wie das Problem verschwunden war, denn niemand wollte das so genau wissen.

Er machte das Licht an und ließ seinen Blick schnell durch den Raum wandern.

„Nett!", sagte er sarkastisch, als sich herausstellte, dass die Ratte Wirklichkeit war und nicht nur meiner Fantasie entstammte, als Rik sie geschickt einfing.

Sorry, dachte ich, als er das Fenster öffnete … ich hatte zwanzig Minuten versucht es aufzukriegen … und die Ratte in hohem Bogen herauswarf.

„Was in aller Welt hast du in dieser Gegend von Vegas zu suchen? Ich habe dir erzählt, wem er Geld schuldet, aber ich hätte nicht gedacht, dass du einen auf Steven Seagal machen und hinter ihnen herjagen würdest."

Wer?

Ich schüttelte den Kopf. Ich musste nicht wissen, von wem er redete.

„Also, was war der Plan?"

Ich ließ mich seufzend auf das Bett sinken und bereute sofort meine Wahl der Unterkunft, als ich den Zustand des Zimmers sah, von dem zerbrochenen Lampenschirm bis zu dem fleckigen Teppich. Fuck, ich hoffte wirklich, dass die Flecken Rotwein und nicht Blut waren.

„Ich sagte, ich würde sie treffen und die Schulden bezahlen."

Er schluckte. „Du wolltest ihnen eine Million Dollar zahlen? Woher hast du so viel Geld?"

Er hatte recht, mein Taschengeld reichte nicht annähernd an eine Million Dollar heran und ich hatte meine Goldkarte ausgereizt. Ich konnte eine solche Summe nicht schnell auftreiben, auch wenn ich unser gesamtes Geld zusammenlegte. Rik wusste nicht nur alles über unseren Vater, sondern auch jede winzige Kleinigkeit über mich und meine Brüder. Er wusste, dass ich meine monatlichen fünftausend immer verbrauchte, deshalb hatte er mir die Frage gestellt. Es hatte keinen Zweck ihn anzulügen.

„Ich habe zwanzigtausend mit meiner und auch mit Carlos Karte abgehoben."

„Scheiße, weiß er das?"

Ich schüttelte den Kopf und verachtete mich dafür, dass ich Carlos Karte und Ersparnisse genommen hatte. Er war der Einzige von uns, der sein monatliches Geld nicht verbrauchte. Er legte jeden Monat etwas zurück und überzog nie. Im Gegensatz zu Adolfo und mir konnte er gut mit Geld umgehen. Wir gingen sorglos damit um, und mussten oft Carlo um Hilfe bitten. Wir hatten beide einen sehr teuren Geschmack.

„Du warst also bereit deinen Bruder zu bestehlen, um vierzigtausend Dollar für eine Million Schulden zusammenzukriegen. Du hast dich da in eine Scheiße reingeritten, mit der du nicht fertig werden kannst."

„Sie haben gedroht Bianca umzubringen", sagte ich zu meiner Verteidigung.

Er lachte. „Männer wie die drohen nicht, sie machen es einfach. Sie haben dich manipuliert. Hey, ich kümmere mich um diesen Mist. Sieh zu, dass du nach Hause kommst."

Ich stand auf. „Was wirst du machen?"

„Aless, du solltest mir nicht eine solche Frage stellen. Wenn deine Mutter dich jetzt sehen könnte ... sie liebt euch alle drei, aber du bist ihr Goldjunge. Tu ihr nichts an, was du nicht zurücknehmen kannst, okay?"

Ich nickte.

„Such deinen Scheiß zusammen und hau ab aus diesem Loch. Dann werden wir nie wieder darüber sprechen."

Wieder nickte ich.

Rik hatte recht ... das war nicht meine Welt. Wir wussten nichts darüber und ich verarschte mich nur selbst, mir vorzumachen, dass ich Biancas Probleme lösen könnte. Ich musste abhauen, weil Rik mir nicht von der Seite weichen würde, bis ich weg war. Ich nahm meine Tasche und stopfte meine Sachen hinein. Ich hielt mich gar nicht erst mit der Zahnbürste und den Waschsachen auf, die ich gekauft hatte. Ich brauchte nur meinen Ausweis und meine Karten.

„Wo ist das Geld?", fragte er und hielt mich am Arm fest.

Ich deutete mit dem Kopf darauf. „In meiner Tasche."

„Gib es mir."

Ich gehorchte, ohne zu zögern. Er starrte mich einen Moment lang an, dann steckte er das Geld in seine Jackentasche und ließ meinen Arm los.

„Wirst du es ihnen geben?"

Er schüttelte den Kopf. „Nein. Ich nehme es als Bezahlung für die Zeit, die ich deinetwegen verschwendet habe. Ihr werdet diesen Monat alle ohne Taschengeld auskommen müssen. Eine kleine Lektion für den Scheiß, den du gebaut hast."

Wieder konnte ich nur nicken.

Scheiße. Ich hatte keine Karte und Carlo auch nicht. Er würde mich umbringen. Allerdings war die Strafe, die ich von ihm zu erwarten hatte, nichts gegen die Männer, mit denen ich mich hatte treffen wollen. Ich konnte Rik nicht widersprechen.

„Ja?", fragte er mit hochgezogener Augenbraue.

„Danke."

Er ließ mich los und ich ging durch die Tür hinaus. Ich nahm mein Telefon und begann, nach Flügen zu suchen, als ich durch den staubigen Flur ging, und dachte, dass ich wahrscheinlich zu viele Mafiafilme gesehen hatte. Wenn Rik nicht gewesen wäre, dann wäre ich heute Abend wahrscheinlich draufgegangen.

Jetzt konnte ich nur noch hoffen, dass Adolfo noch genug Geld hatte, um meinen Flug zu bezahlen; sonst säße ich echt in der Scheiße.

KAPITEL 14

BIANCA

Das Wochenende mit Carlo war traumhaft schön gewesen, aber nun war es Montagmorgen und Zeit in die Wirklichkeit zurückzukehren. Ich musste in meinen Kurs und mich mit meiner Arbeit beschäftigen. Ich hatte endlich ein Thema gefunden … viel zu spät, aber besser spät als nie. Es war eine plötzliche Eingebung gewesen, und wenn ich an mein Thema dachte, dann wanderten meine Gedanken automatisch zu Alessandro. Alles an ihm war unlogisch, von der Art wie er mich geküsst hatte bis zu der Tatsache, dass er ganz anders war als seine Brüder.

Mein Handy piepste. Ich dachte, es wäre

Carlo, der mir, wie jeden Morgen, einen guten Tag wünschen wollte. Wer hätte jemals gedacht, dass er so romantisch sein könnte? Nun, ich auf jeden Fall nicht, und für mich war er das beste Beispiel für die alte Weisheit, dass man ein Buch nicht nach seinem Umschlag beurteilen sollte.

Es war jedoch eine Nachricht von Adolfo, was mich sehr verwunderte, da ich seit dem besagten Abendessen, weder von ihm gehört noch mit ihm gesprochen hatte. Warum sollte er mir also jetzt eine Nachricht schicken.

Adolfo: Ich habe heute Nachmittag Zeit.

Ich: Okay, aber was hat das mit mir zu tun?

Adolfo: Weil du Hilfe mit deiner Arbeit gebrauchen kannst und ich im Gegenzug etwas von dir will.

. . .

Ich schüttelte den Kopf, nicht nur weil die Nachrichten komisch waren, sondern sie echt keinen Sinn machten. Als ich ihm antwortete, wurde ich etwas nervös, weil ich zu meinem Kurs musste und er meine Zeit verschwendete.

Adolfo: Ich könnte dich nach deinem Kurs abholen und dir zeigen, wie unethisch ich mit deinem Körper umgehen kann.

Ich musste kichern wie ein Schulmädchen, als ich in meinen Kurs ging und seine letzte Nachricht las. Ich antwortete nicht darauf. Ich konnte nicht, weil ich an Carlo dachte. Anscheinend war das Adolfos Masche zu flirten oder sexy zu sein. Das mochte bei anderen Mädchen funktionieren, aber nicht bei mir. Ich hatte keine Ahnung, warum er mir schrieb, aber er hatte es getan und ich konnte nun während des

Kurses über meine Antwort an ihn nachdenken.

Mit Carlo fühlte sich alles selbstverständlich an, weil er so ein freundlicher Typ war, denke ich, aber Adolfo war nicht so nett wie er. Wenigstens nicht zu mir, und Alessandro war sowieso total anders. So verdammt anders, dass ich Carlo schon mehr als einmal gefragt hatte, ob er sicher war, dass sie verwandt waren. Witzigerweise gestand er, dass er seinem Vater dieselbe Frage auch schon gestellt und gefragt hatte, ob Alessandro adoptiert worden war. Er behauptete, dass, obwohl sie alle gleich aussahen, sie alle drei doch total verschiedene Persönlichkeiten hatten.

Alessandro mochte so tun, als ob er perfekt war, aber wenn es um Geld ging, war er das nicht, und wenn es um Benehmen ging, erst recht nicht. Er hatte sich enorm darüber aufgeregt, dass mein Vater von seinem Geld genommen hatte, doch Carlo hatte mir erzählt, dass Alessandro eine Grenze überschritten und ihm Geld weggenommen hatte.

„Oh, wie nett, dass Sie sich zu uns gesellen, Bianca", schrie Professor Hardy mich an.

Fuck, ich hatte mich in meinen Tagträumen und Fantasien über Carlo verloren. Ich hatte komplett vergessen, dass ich in meinem Kurs war, und zwirbelte meine Haare und starrte aus dem Fenster, in der Hoffnung, dass er vorbeilaufen würde.

„Entschuldigung."

Ich senkte den Kopf, während er fortfuhr. „Sollte hier noch jemand Lust haben, sich seinen Träumen hinzugeben, dann bitte außerhalb meines Klassenzimmers, nicht hier."

Ich nickte, sah ihn an und beschloss, so zu tun, als ob ich wirklich zuhörte … aber ich konnte nicht aufhören, an Carlo zu denken. Ich versuchte meine gefakte Aufmerksamkeit noch überzeugender zu machen, indem ich mein Buch öffnete und meinen Laptop zur Seite stellte. Aber dann erschien eine Nachricht.

· · ·

Carlo: Trägst du heute ein Höschen?

Ich legte das Buch zur Seite und beschloss, Carlo zu antworten, wobei ich ab und zu aufsah, um vorzugeben, dass ich Hardy zuhörte und mir Notizen machen.

Ich: Nein. Ich spreize gerade meine Beine und stelle mir vor, dass deine Finger dazwischen sind.

Carlo: Du bist so ein böses Mädchen. Wenn du weiter so schreibst …

Ich: Ups, ich konnte nicht antworten, ich habe einen Finger zwischen meine Schenkel gleiten lassen.

Carlo: Du machst mich so heiß. Treffen wir uns doch in der Toilette.

Ich: Vielleicht.

Carlo: Willst du, dass ich dich vor allen anderen ficke?

Ich: Bitte.

Carlo: In zehn Minuten. Ich warte auf dich. Beeil dich.

Ich hatte nicht vor, ihn warten zu lassen. Als der Kurs zu Ende war, schnappte ich mir meine Sachen und wollte zur Toilette eilen. Ich rannte die Treppe des Hörsaals hinunter, als ob es brannte. Doch als ich unten ankam, rief Professor Hardy: „Bianca, kann ich Sie kurz sprechen?"

Ich zögerte keine Sekunde. „Jetzt? Ich habe noch einen Kurs."

Er schüttelte den Kopf. „Nein. Du hast erst heute Nachmittag wieder Kurse, also stimmt das nicht."

Ich seufzte. Ich hasste es, dass er über meine Kurse Bescheid wusste.

„Okay."

Wir warteten, bis alle den Hörsaal verlassen hatten. Mein Mac klingelte wie blöd, aber ich ignorierte ihn, doch ich hatte vergessen ihn auf lautlos zu stellen, und dann fing mein iPhone an. Das war der Vor- und

Nachteil von Apple ... alles war miteinander verbunden, und wenn eine Nachricht auf ein Gerät geschickt wurde, dann kam sie auf allen an.

Ich fuhr mit der Hand in meine Tasche und stellte mein Handy auf leise, während wir darauf warteten, dass der letzte neugierige Student den Hörsaal verließ. Es war offensichtlich, dass sie absichtlich alle trödelten, um zu erfahren, was Professor Hardy wollte, aber das würden sie nicht herausfinden.

„Bianca, mir ist aufgefallen, dass Sie in den letzten Wochen sehr abgelenkt waren und ich habe Bedenken, ob Sie den Abschluss am Jahresende schaffen werden."

„Aber ich habe jeden Tag meine Kurse besucht und alle Aufgaben eingereicht", sagte ich ungläubig.

Er rückte seine eckige Brille und den Gürtel um seinen umfangreichen Bauch zurecht und setzte sich dann auf den Tisch.

„Es reicht nicht, die Kurse zu besuchen und mit Ihrem Freund zu reden. Sie reichen Ihre Aufgaben immer zu spät ein und die Qualität lässt sehr zu wünschen übrig. Die letzte, die Sie abgegeben haben, und für die ich Ihnen großzügigerweise noch eine weitere Woche zum Verbessern eingeräumt habe, war so schlecht, dass ich nicht glauben konnte, dass sie von einer Studentin im letzten Jahr eingereicht wurde. Das hätte ein Studienanfänger besser hingekriegt."

Ich schmollte. „Ich glaube nicht, dass mein Privatleben einen Einfluss auf meine Leistung hat. Spionieren Sie mir nach?"

Er schüttelte den Kopf. „Nein. Leider ist es meine Aufgabe, meine Studenten zu unterrichten und ein Auge auf sie zu haben. Ich muss dem Schulrat über die Fortschritte meiner Schüler Rechenschaft ablegen, und glauben Sie mir, das ist keine leichte Aufgabe, besonders wenn ich mich in einer so misslichen Lage wie jetzt befinde."

„Oh", sagte ich mit hochgezogener Augenbraue.

„Ja. Sie müssen verstehen, dass das College einen Ruf zu erhalten hat. Wenn Sie nicht dafür sorgen, dass Ihre Noten sich verbessern, dann wird das College Ihnen den Abschluss verweigern. Es ist also in Ihrem Interesse, dafür zu sorgen, dass Sie nicht nur

Ihren Abschluss machen, sondern dass Sie mit Bravour bestehen."

Ich nickte. Ich hatte die Botschaft klar und deutlich verstanden. Ich hätte mich bei ihm bedanken sollen, dass er mich wegen meiner Noten gewarnt hatte. Das Problem war jedoch, dass ich mir zum ersten Mal seit zwei Wochen keine Sorgen wegen meines Vaters machte, und ich zum ersten Mal, seit ich in Yale war, tatsächlich Spaß hatte.

„Ich habe Ihre Warnung verstanden. Aber jetzt muss ich los."

Er nickte. „Aber denken Sie daran, was ich gesagt habe. Es wäre schrecklich, wenn alle Ihre harte Arbeit bis jetzt umsonst gewesen wäre."

„Danke."

Er stand auf, etwas verwirrt, als wüsste er nicht, was er sagen sollte. Das Problem war, dass ich auch nicht wusste, was ich sagen sollte. Also beschloss ich zu gehen. Ich schickte Carlo eine Nachricht und ging gar nicht mehr auf seine vorherigen Nachrichten ein.

. . .

Ich: Tut mir leid, Carlo. Ich muss dringend lernen. Ich habe gerade erfahren, dass meine letzte eingereichte Aufgabe unter aller Sau war. Ich melde mich später.

Das schöne Leben würde warten müssen, bis ich die letzte schlechte Arbeit wieder wettgemacht hatte. Ich würde mich vom Rest der Welt abschotten, einschließlich Carlo. Wenn er es wirklich ernst mit mir meinte, was ich hoffte, dann würde er warten. Es wäre eine Prüfung, aber ich hatte zu viel zu verlieren, um auf Angelegenheiten des Herzens Rücksicht zu nehmen.

Kapitel Fünfzehn
Adolfo

. . .

Ich war müde. Es war ein langer Tag gewesen und Carlo und ich chillten im Wohnzimmer. Doch auf einmal brach die Hölle los.

Alessandro kam herein. Er sah Scheiße aus und roch auch so. Carlo verdrehte die Augen und stand auf. Er wollte in sein Zimmer gehen, so weit weg von Alessandro wie möglich.

„Warte!", sagte ich und hielt ihn am Arm fest.

Meine größte Befürchtung – dass wieder etwas zwischen uns kommen würde – starrte mir ins Gesicht. Ich wollte nicht, dass die Vergangenheit sich wiederholte, also tat ich das, was ich am besten konnte. Ich sorgte dafür, dass beide über das, was sie ärgerte, hinwegkamen.

„Alessandro, schön, dich lebend wiederzusehen", sagte ich und stand auf. Mein Bruder trug fürchterliche Klamotten – eine schwarze Jogginghose, ein schwarzes T-Shirt und eine billige schwarze Jacke. Keine Designersachen, und ich hatte meine Kreditkarte bis auf den letzten Cent belastet, um ihm zu helfen, sicher nach Hause zu kommen.

„Ich habe ihm nichts zu sagen!" Carlo zeigte auf Alessandro, als ob er ein Fremder wäre.

„Ist schon klar. Er hat ohne Erlaubnis dein Geld genommen."

„Er hat Paul beschuldigt, Geld gestohlen zu haben, und dann macht er genau das Gleiche", schimpfte Carlo. „Er ist ein verfickter Heuchler und das weißt du ganz genau. Warum, verdammt noch mal, verteidigst du ihn noch?"

„Weil er unser Bruder ist. Im Guten und im Schlechten ist er immer noch unser Bruder."

„Er ist ein Dieb", beharrte Carlo, „und nicht mehr mein Bruder. Jetzt verschwinde unter die Dusche und zieh diese hässlichen Fetzen aus, aber du und ich ..."

Carlo stürmte aus dem Zimmer, bevor er seinen Satz beendet hatte. Es war sein gutes Recht, angepisst zu sein – Alessandro hatte eine Grenze überschritten und von ihm gestohlen. Er hätte mir das auch angetan, wenn ich Geld auf meinem Konto gehabt hätte. Gott sei Dank hatte ich noch Guthaben auf meiner Kreditkarte, sodass ich ihm ein Ticket für den Heimflug bezahlen konnte.

Ich wollte die Brücke reparieren, die zwischen uns eingebrochen war, aber ich sah ein, dass ich mich zu sehr einmischte. Ich sollte nicht immer den Vermittler spielen, sondern es ihnen selbst überlassen, den Konflikt zu lösen. Ich konnte nur begrenzt eingreifen und sie waren alt genug, um sich selbst zu helfen.

„Hey, was machst du denn so spät noch hier?", fragte Erika. Ich saß allein an einer Ecke der Theke und war völlig in meine Gedanken versunken gewesen.

„Ist es schon spät?"

„Ja, wir schließen jetzt. Bianca ist hier, wenn du sie sprechen willst?" Sie zog eine Augenbraue hoch, und mir war klar, dass sie mich neckte.

„Wow, du kommst doch sonst nie so spät

hierher“, staunte Bianca, die gerade aus dem Hinterzimmer kam. Ich musste lachen, weil sie genau das wiederholte, was Erika gerade gesagt hatte.

„Ich weiß, ich habe nur keine Lust in unsere Wohnung zurückzugehen.“

„Ich verstehe. Willst du mir beim Schließen helfen?“

Ich betrachtete das als Einladung und war überrascht, dass Bianca Zeit mit mir verbringen wollte, weil sie mich vorher immer abgewiesen hatte.

„Da du Gesellschaft hast, kann ich ja abhauen. Wenn es Probleme gibt, dann ruf mich an“, sagte Erika, gab Bianca einen Kuss auf die Wange und machte sich auf den Weg.

Ich wartete, bis die Tür sich hinter ihr geschlossen hatte und beschloss dann, dass Carlo recht gehabt hatte – die Person, die uns wieder zusammenbringen konnte, stand dort hinter der Theke und sah mich an. Seit Erika gegangen war, hatte sie den Blick nicht von mir abgewendet. Sie wollte mich und ich hatte nicht die Absicht, sie abzuweisen.

„Komm hinter die Theke“, forderte sie mich auf.

Ich tat, was sie wollte, und als ich vor ihr stand, lächelte sie und kniete sich vor mir hin.

„Das ist es doch, was du willst, oder?"

Ich hatte nicht erwartet, dass sie mich verwöhnen wollte. Das war nicht der Grund gewesen, warum ich hinter die Theke gekommen war. Ich starrte fasziniert auf sie hinab, als sie meinen Gürtel öffnete, und tat nichts, um sie zu stoppen. Mein Schwanz reagierte bereits heftig, obwohl sie noch gar nichts gemacht hatte.

Die Vorstellung, dass sie meinen Schwanz in die Hand nehmen würde, erregte mich.

„Ich dachte, wir könnten reden …"

Sie lächelte. „Ich war den ganzen Tag hinter der Theke. Ich weiß, was du von mir willst, und manchmal ist es besser, unsere Körper miteinander reden zu lassen, als tausend Worte zu wechseln."

Ich wusste, dass sie vor Carlo noch Jungfrau gewesen war, und jetzt kniete sie vor mir mit meinem Schwanz in ihren Händen. Aber das konnte mich jetzt nicht mehr aufhalten. Ich verfolgte mit dem Finger den Umriss ihrer Lippen und sehnte mich danach, dass sie mir einen blies. Ich verlor mich im Anblick ihres Gesichtes, als sie meinen harten Ständer mit ihren seidig weichen Händen streichelte.

„Willst du das wirklich hier tun?"

Ihre Antwort war ein heißes Lecken ihrer Zunge um meine Eichel, bevor sie mich tief in ihren süßen Mund nahm. Jetzt war ich im Himmel.

„Ob du bereit bist oder nicht, ich werde dich zum Kommen bringen", sagte sie zu mir, ihr Mund direkt über meinem Schwanz. Ich hielt mich am Rand der Theke fest, schon völlig weggetreten, bevor sie überhaupt richtig angefangen hatte, und überließ mich ihrem Willen. Ich sog scharf die Luft ein, als sie mit ihrer Zunge wieder über die Spitze meines Schwanzes strich und mich liebkoste, bevor sie meinen Ständer zwischen ihre warmen, weichen Lippen gleiten ließ.

Eigentlich hatte ich geglaubt, dass sie nur an Carlo interessiert war und so etwas niemals passieren würde. Wahrscheinlich hatte ich unbewusst gehofft, dass es geschehen würde und deshalb wie ein einsamer, trauriger Trottel an der Theke gesessen, in der Hoffnung, dass Bianca da wäre und mir auch etwas davon geben würde, was sie mit Carlo geteilt hatte. Bis jetzt war ich wirklich nicht enttäuscht.

Zuerst sog sie hart, aber dann entspannten sich ihre Lippen und sie küsste die Spitze meines Schwanzes ganz zart, gerade genug, um mich spüren zu lassen, dass sie da war. Bianca war intuitiv und bereitwillig, alles zu machen, was mich zum Stöhnen bringen würde.

Ihre Zunge liebkoste meinen Schaft, während sie mich tiefer und tiefer in ihre Kehle aufnahm. Dann erreichte sie einen gewissen Punkt und hörte auf. Sie sah mich mit großen Augen in dem dämmrigen Licht an. Ich hielt mich an der Theke fest und versuchte, mich zu entspannen, während ich mich in ihrem Mund bewegte und meine Hüfte vorschob, um meinen Schwanz noch tiefer in ihren Mund zu drücken. Ich grinste und hielt mit beiden Händen ihren Kopf fest.

„Lass mich dir helfen", sagte ich und bewegte mich, um ihr zu zeigen, wie sie blasen sollte.

Ich fühlte ihr Stöhnen und die Vibrationen waren genauso erotisch wie die Berührung ihrer Zunge an meiner Haut. Sie legte ihre Hand um das untere Ende meines Schwanzes und ich stöhnte wieder, als ihre schlanken Finger sich um meinen Schaft bewegten. Aber ich wollte mehr als nur ihren Mund.

„Ich möchte in dir sein", verlangte ich, und zog sie an der Hand hoch, bis sie vor mir stand. Sie trug ein kurzes Kleid, ganz anders als die weiten Sweatshirts, die sie früher getragen hatte. Mir war aufgefallen, dass sie nun auch Make-up trug und sich anscheinend auch eine neue Garderobe zugelegt hatte.

Ich beugte mich mit meinem Schwanz in voller Sicht nieder und griff nach dem Saum ihres Kleides. Es schmiegte sich an allen richtigen Stellen eng an ihren Körper und mir fiel auf, dass sie keinen BH trug. Nichts stützte ihre üppigen, festen Brüste, nachdem ich ihr das Kleid ausgezogen hatte. Ich ließ meine Hand zwischen ihre Schenkel gleiten und meine Vermutung wurde bestätigt – ihr Höschen war schon total feucht und ich zog es runter. Die Vorstellung, dass sie so feucht geworden war, während sie mir einen geblasen hatte, erregte mich noch mehr.

Sie war eine wunderschöne Frau, mit fesselnden Augen, die mich mit einer Mischung aus Lust und Zuneigung ansahen. Ich hob sie auf die Theke, die Hose um meine Knöchel, und bewegte meine Füße, sodass ihre Beine weit gespreizt waren.

„Bist du bereit?"

Sie lachte. „Worauf wartest du noch?"

Mehr musste sie nicht sagen, damit ich in sie eindrang. Sie war so eng – fast zu eng – aber so feucht, dass ich wusste, dass ich ungehindert in ihrer Muschi rein- und rausgleiten konnte.

Mein Seufzer der Erleichterung verwandelte sich sofort in ein lustvolles Stöhnen, als sie anfing den Druck meiner Hüften mit ihren zu erwidern und ihre Finger in meine Schultern vergrub. Ihre Titten prallten gegen meine Brust. Ich liebkoste ihre Nippel mit einer Hand. Mit der anderen stützte ich ihren Rücken, damit sie nicht hinunterfallen konnte.

Ich wollte mich zurückhalten, damit sie zuerst kam, bevor ich mich gehen ließ, aber es fühlte sich so toll an, wie sie sich an mir bewegte. Sie war so feucht, und so sexy, ich konnte mich kaum beherrschen.

Ich spürte die Hitze auf unserer Haut, den Schweiß, der unsere Körper aneinander gleiten ließ, hörte die Geräusche, die sie von sich gab, fühlte sie an mir; es war so verdammt gut. Sie klammerte sich an mich, als sie sich dem Höhepunkt näherte und ich schrie fast auf, als sie ihre Fingernägel in meinen Rücken grub. Doch das verriet mir, dass ich sie noch härter stoßen musste. Ich hörte auf ihre Brüste zu liebkosen und packte stattdessen ihren festen Arsch, denn ich wollte meinen dicken, harten Schwanz immer tiefer in sie hineinrammen.

Bianca war in Schweiß gebadet und ihre Wangen waren hochrot, sie sah verdammt heiß aus. Vielleicht lag es an der Umgebung. Jedes Mal, wenn ich in Zukunft in diese Kneipe käme, würde ich mich daran erinnern, dass wir hier auf der Theke gefickt hatten. Ich konnte sie nicht mehr loslassen. Ich liebte das Geräusch unserer aufeinanderprallenden Körper und wie sie immer wieder meinen Namen schrie.

„Adolfo, hör nicht auf!"

Ich hatte nicht die Absicht aufzuhören, sondern stellte mir vor, dass ich kommen würde, mein Schwanz aber hart bliebe, sodass wir weiterficken konnten, bis wir keine Kraft mehr hatten.

Bianca keuchte. Ich spürte, wie sich ihr Orgasmus langsam aufbaute, durch das Anspannen ihrer Scheidenwände und das anschließende, starke Zucken. Ich wusste, dass wir das nicht die ganze Nacht herauszögern könnten. Meine Fantasie war zu etwas sehr viel Besserem geworden, als ich es mir je hätte vorstellen können.

Ich fühlte, wie ich in ihr explodierte. Unsere Blicke trafen sich für einen Augenblick, der sich wie eine Ewigkeit anfühlte. Eine unglaubliche Lust durchfuhr mich und dann sah ich, wie sie die Augen schloss und den Rücken wölbte, weil sie sich nicht mehr zurückhalten konnte. Ich musste sie mit beiden Händen, mit dem bisschen Kraft, das ich noch besaß, festhalten, damit sie nicht auf die Theke fiel.

Wir bewegten uns im Einklang, aber

dessen war ich mir kaum bewusst, als ich tief in ihrer heißen Enge explodierte.

Ich hatte mich völlig in ihr verloren, wie ich mich in ihr fühlte, wie sie sich anfühlte. Die Welt um mich herum wurde schwarz und alles verschwand für einen Moment. Das einzige Geräusch war unser Keuchen, als wir nach Atem rangen. Als ich endlich wieder atmen konnte, sagte ich: „Das war heftig."

Sie lachte. „Ich bin völlig nass."

Ich stimmte zu. „Nicht nur da unten."

Wir konnten kaum sprechen, der Moment war so intensiv und intim. Eigentlich hätte es mich stören sollen, dass mein Bruder sie vor mir gehabt hatte, aber das tat es nicht, und so langsam begann ich zu verstehen, was Carlo schon die ganze Zeit gesagt hatte.

Sie war die Person, die uns wieder zusammenbringen könnte, wenn wir es zuließen. Ich hatte Sex mit ihr gehabt, hatte versucht ihr das Hirn raus zu vögeln. Seit dem schicksalhaften Abendessen hatte Carlo versucht uns zu erklären, dass mehr in ihr steckte, als auf den ersten Blick sichtbar war, aber wir hatten ihm nicht zugehört. Vielleicht war es höchste Zeit, dass wir auf Carlo hörten und uns nicht mehr so stur stellten. Meine Brüder waren dabei sich zu entzweien, und wenn Bianca uns helfen konnte, wieder zu der Familie zu werden, die ich kannte und liebte, dann wäre das ein enormer Vorteil.

„Woran denkst du?“

Ich seufzte. „Mir geht gerade ganz viel durch den Kopf.“

„Wenn du nicht in eure Wohnung zurückwillst, dann kannst du mit zu mir kommen. Erika wird heute Nacht bei Hank bleiben.“

Ich nickte zustimmend.

„Ich werde Carlo eine Nachricht schicken, wo ich bin.“

Sie lächelte. „Du könntest ihn fragen, ob er auch kommen möchte?“

Ich zog eine Augenbraue hoch und dachte darüber nach, ob ich Carlo fragen sollte, zu kommen, aber ich hatte mich noch nie richtig mit Bianca unterhalten und wollte sie besser kennenlernen. Nicht nur ihren Körper, sondern auch ihren Charakter.

„Ich möchte lieber Zeit mit dir allein verbringen“, sagte ich, während ich meine Hose hochzog und sie in ihr Kleid schlüpfte.

„Gern. Hört sich gut an. Wir haben noch nie richtig miteinander geredet."

Ich musste lachen. „Nicht so, wie wir es gerade getan haben."

„Ja, aber du weißt schon, was ich meine. Ich werde uns etwas zu Essen besorgen, wenn du willst."

„Das wäre schön."

Ich lächelte, als ich daran dachte, wie einsam und traurig ich mich heute gefühlt hatte. Das war jetzt vorbei. Bianca war so nett und unkompliziert. Ja, Carlo hatte recht – es war wirklich Zeit, die hohlköpfigen Tussis, mit denen ich mich umgeben hatte, aufzugeben und mit einer intelligenten Frau zusammen zu sein, mit einer Frau, die in einer Welt gelebt hatte, die wir uns gar nicht vorstellen konnten, und die sich zu helfen wusste, was wir in unserem ganzen Leben noch nie nötig gehabt hatten.

KAPITEL 15

ALESSANDRO

Seit ich zurückgekommen war, hatte ich für Carlo gekocht, für ihn geputzt und aufgeräumt … aber egal wie viel Mühe ich mir gab, er wollte immer noch nicht mit mir reden. Ich wusste, dass ich einen großen Fehler gemacht hatte, aber ich konnte mich nur immer wieder dafür entschuldigen.

Sie hatten nicht einmal gefragt, wofür ich das Geld gebraucht hatte, oder warum ich so lange weggeblieben war. Das interessierte sie anscheinend gar nicht. Adolfo wünschte sich nur, dass wir wieder eine Familie waren, wie früher, und Carlo war zu beschäftigt mit

Bianca, um die Kluft zu überbrücken, die durch meine Schuld zwischen uns entstanden war. Ich wollte, dass alles wieder so wurde wie vorher, oder sogar noch besser. Durch den Schaden, den ich angerichtet hatte, war mir klar geworden, dass ich von Anfang an meine Brüder an meine Seite hätte holen sollen. Ich hätte ihnen erzählen müssen, was los war und um ihre Hilfe bitten sollen, anstatt sie von mir wegzustoßen.

Ich hielt mein Handy in der Hand und war ruhelos und unsicher. Ich konnte mich weder auf mein Training noch auf mein Studium konzentrieren, obwohl ich bereits auf einem schmalen Grat wanderte, da ich so viele Trainingsstunden und Kurse versäumt hatte.

Mein Telefon fing an zu klingeln. Ich fragte mich, ob ich antworten sollte oder nicht, denn ich hatte das Gefühl, dass Rik nicht unbedingt anrief, um sich nach meinem Wohlergehen zu erkundigen. Er rief immer nur an, wenn es ein Problem gab, und ich ahnte schon, dass es etwas mit Paul zu tun haben würde.

Ich nahm den Anruf mit schwer klopfendem Herzen entgegen. „Ja?"

„Aless. Paul ist tot."

Mit den Jahren hatte ich gelernt, dass Rik nicht lange um den heißen Brei herumredete. Er sagte, was zu sagen war und das war's. Ich wusste genau, dass er sofort auflegen würde, wenn ich nichts sagte.

„Wie?", brachte ich mühsam hervor. Ich hatte einen dicken Kloß im Hals und irgendwie das Gefühl, dass es etwas mit mir zu tun hatte.

„Er wurde in einem Graben gefunden. Wahrscheinlich zu Tode geprügelt oder so was. Er war ziemlich übel zugerichtet. Auf jeden Fall ist jetzt alles vorbei. Was immer du glaubtest, unternehmen zu müssen, hat sich damit erledigt. Es wurde dir aus der Hand genommen."

„Und Bianca? Wenn sie von Paul nicht bekommen haben, was sie wollten, dann werden sie hinter ihr her sein."

„Nein", entgegnete er und legte auf.

Es hätte mich beruhigen sollen zu wissen, dass sie in Sicherheit war. Ich hatte Riks Bestätigung, aber vielleicht hatte er ja etwas mit Pauls Verschwinden zu tun. Wem wollte ich was vormachen? Ich könnte mit an Pauls Verschwinden schuld sein, dadurch, dass Rik eingeschritten war und getan hatte, was immer er für nötig hielt.

Bei dem Gedanken schüttelte ich den Kopf. Sein Job war es, unseren Vater zu beschützen und nichts anderes. Scheiße, ich wurde langsam irre.

Wusste Bianca es schon? Wenn nicht, war ich mir nicht sicher, ob sie es von mir erfahren sollte … aber dann dachte ich, dass ihre Großmutter ihr ganz bestimmt sagen würde, dass ihr Vater tot war. Ich kannte die Frau zwar nicht, aber ich war mir sicher, dass sie ihr so etwas nicht verschweigen würde.

Ich checkte online welchen Kurs sie gerade hatte und wartete wie ein Teenager mit Liebeskummer vor der Tür des Kursraumes. Als sie herauskam und mich sah, verdunkelten sich ihre Augen.

Ich rannte ihr nach, als sie an mir vorbeiging. „Hey, Bianca, warte!"

Sie schüttelte den Kopf. „Nein. Ich muss zum nächsten Kurs."

Ich wusste, dass sie log. Sie hatte heute

keine Kurse mehr. Sie lief schneller, aber ich war Sportler und ihr lächerliches Tempo war keine Herausforderung für jemanden wie mich.

„Hey", wiederholte ich, ergriff ihren Arm und zog sie näher zu mir.

„Willst du mich wieder küssen und dann wegstoßen?"

Ich schüttelte den Kopf. „Nein. Ich will nur mit dir reden."

Sie seufzte, wandte den Blick von mir ab und sah mir dann wieder in die Augen. Sie glaubte, dass ich log; sie traute mir nicht. Ich wusste, dass sie mir nicht vertraute, aber ich konnte mich nicht gegen den animalischen Instinkt wehren, den sie in mir weckte, wann immer sie in meiner Nähe war.

„Okay", sagte ich, und dachte, dass ich mich besser zusammenreißen sollte. Ich wollte nicht noch einmal den gleichen Fehler machen wie vor einigen Wochen. Ich hatte die Kontrolle über mich verloren und sie geküsst. Das hätte ich nicht tun dürfen. Ich musste mich beherrschen und ihr beweisen, dass ich nicht so schlimm war, wie ich mich bis jetzt verhalten hatte, wenn sie in meiner Nähe war.

Ich konnte sehr viel netter sein, als ich es bis jetzt gewesen war. Sehr viel netter.

„Also gut", gab sie seufzend nach. „Wir gehen in die Cafeteria und reden."

Ich schüttelte den Kopf. „Nein. Meine Wohnung. Das ist besser."

„Besser für dich?"

Ich wich zurück, und als ob sie keine Lust hätte, sich mit mir zu streiten, senkte sie den Kopf und folgte mir. Ich nahm ihr den Rucksack ab, ohne sie zu fragen. Diese Geste schien sie zu überraschen, denn sie ging nun mit hoch erhobenem Kopf weiter.

Ich hätte etwas zu ihr sagen sollen, irgendetwas, um ein Gespräch in Gang zu bringen, aber immer wenn ich mit Bianca zusammen war, schien ich keinen Ton herauszubringen. Es war total verrückt. Das war noch bei keinem Mädchen so gewesen, und anscheinend ließ ich deshalb meinen Frust an ihr aus.

Ich weiß nicht warum, aber plötzlich sagte ich: „Es tut mir leid."

Sie blieb stehen und sah mich an. Wir

liefen nebeneinander her und meine sanftere
Seite hatte gesprochen. Ich erwartete, dass sie
etwas sagen würde, aber sie öffnete und
schloss nur ein paarmal den Mund, ohne
einen Ton herauszubringen.

„Ich habe keinen Kurs mehr, aber ich habe
jede Menge zu tun", brachte sie dann hervor.

Ich hatte nicht erwartet, dass sie es mir
leicht machen würde, aber sie hatte mich
nachdenklich gemacht. Wir waren kaum in
der Lage zwei Worte zu wechseln – wie in
aller Welt sollte ich sie in meine Wohnung
bringen und ihr beibringen, dass ihr Vater
tot war?

Innerhalb weniger Minuten waren wir
bei unserer Wohnung angekommen und ich
nahm ihre Hand. „Sieh mal, wir hatten
einfach einen schlechten Start. Wenn du
hineinkommen willst, um zu reden, freue ich
mich. Wenn nicht, dann verstehe ich das."

Sie sah mich mit ihren großen braunen
Augen verwirrt an und entzog mir sanft ihre
Hand. „Ich verstehe nicht, wie du dich inner-
halb kürzester Zeit von einem kompletten
Arschloch zu einem netten Kerl entwickeln
kannst."

Das hatte ich verdient. Ich wollte dagegen argumentieren, hatte aber keinerlei Grundlage. Ich musste das Gesicht wahren und die Worte wiederholen, die ich gerade gesagt hatte.

„Es tut mir leid. Ich will nur, dass wir die Chance haben, noch einmal von vorn anzufangen."

Sie verschränkte die Arme und sah mich misstrauisch an.

„Nenn mir einen guten Grund, warum ich mich darauf einlassen sollte."

„Weil ich dich darum bitte?", sagte ich. Ich zitterte vor Aufregung und hoffte, dass sie aufhören würde, Fragen zu stellen. Sie nickte und war bereit hineinzugehen. Ich öffnete die Haustür mit dem Schlüssel und dachte darüber nach, wie es weitergehen sollte.

Es war, als ob ich vergessen hatte, warum ich sie überhaupt gebeten hatte, mitzukommen. Alles was ich wollte, war schmutzige Dinge mit ihr anzustellen. Ich wäre ein vollkommenes Arschloch, wenn ich jetzt meinen niederen Instinkten nachgeben würde, aber die Versuchung war riesig, und ich war nicht sehr stark, wenn es um Versuchungen ging.

Ich konnte die Lust, diese Lippen zu küssen, kaum beherrschen.

Ich schüttelte den Kopf bei dem Gedanken. Ich musste mich zusammenreißen, egal wie schwer es war. Ich musste es versuchen.

KAPITEL 16

BIANCA

Was war nur los mit dem Typ?

Er hatte mich hierher gebeten, um zu reden, aber bis jetzt hatten wir noch kein Wort gewechselt. Er hatte angeboten, mir etwas zu kochen, aber ich wusste, dass er ständig nur Smoothies trank. Das hatte Carlo mir über Alessandro verraten.

„Willst du wirklich nichts trinken?", fragte er zum dritten Mal in der Viertelstunde, seit der wir hier waren.

„Nein. Warum hast du mich hierher eingeladen?"

Ich konnte sehen, dass ich einen Nerv getroffen hatte, als er auf die Couch sank. Ich blickte mich um und stellte fest, dass ich noch nie in dieser Wohnung im Wohnzimmer gesessen hatte. Als ich das erste Mal hier war, hatte Carlo mich sofort in sein Zimmer gezerrt und ich hatte auch nichts anderes gewollt. Ich wusste nicht, was ich zu Alessandro sagen wollte, und ich war nicht gut in belangloser Plauderei.

Er nickte und sagte: „Es gibt keinen leichten Weg, dir das zu sagen, aber dein Vater steckt in Schwierigkeiten."

„Und?"

Ich verstand nicht, warum er mir das erzählte, oder warum er sich plötzlich Gedanken um meinen Vater machte, da er mir deutlich seine Meinung zu verstehen gegeben hatte, dass er glaubte, wir wären nur hinter Geld her.

Außerdem war das nichts Neues. Mir war absolut klar, dass er in Schwierigkeiten steckte – sonst wäre er nach all den Jahren nicht wieder bei mir aufgetaucht – aber nach dem Frühstück hatte ich angenommen, dass er es leid war, oder schlimmer, dass er das Geld bekommen hatte, das er wollte, und die Stadt wieder verlassen hatte.

Alessandro sagte eine Minute lang nichts, also stand ich auf und sagte: „Als ich beim Frühstück vor einigen Wochen versucht habe, mit dir zu reden, wolltest du davon nichts hören. Jetzt weiß ich nicht, was ich davon halten soll."

„Gibst du mir noch eine Chance?"

Ich schüttelte den Kopf. „Ich weiß nicht, Alessandro. Ich verstehe das alles nicht. Ich verstehe dich nicht."

Ich musste hier raus. Ich hatte das Gefühl, dass ich in diesem Raum nicht mehr atmen konnte, dass seine Blicke mich erstickten. Ich sollte mich so weit wie möglich von Alessandro fernhalten. Er hatte mich wie Dreck behandelt, während sein Bruder der perfekte Gentleman gewesen war.

„Ich muss jetzt gehen."

Ich erwartete, dass er etwas sagen würde, um mich zum Bleiben zu überreden, wie er es vorher getan hatte, aber er kratzte sich nur am Kopf und wich meinem Blick aus. Anscheinend hatte er seine Meinung über das, was er mir sagen wollte, geändert, oder er hatte einfach nur versucht, mich in seine Wohnung zu locken.

Alessandro hatte mich ziemlich durcheinandergebracht. Er war der heiße und kalte Typ Mann, einer von dem ich mich wirklich fernhalten sollte. Ich würde noch einmal versuchen, meinen Vater zu erreichen. Jedes Mal, wenn ich versuchte ihn anzurufen, war sein Telefon abgestellt. Außerdem würde ich heute das Gespräch mit meiner Großmutter und meinem Onkel führen, das ich immer wieder aufgeschoben hatte.

Wenn Dad heute wieder nicht antwortete, dann würde ich sie anrufen, und ihnen alles erzählen, was sich mit Dad zugetragen hatte. Keine Geheimnisse und keine Lügen mehr. Es würde mein Gewissen enorm beruhigen, wenn ich offen über alles sprach.

Ich stand an der Tür und zögerte noch, ob ich gehen sollte, als Carlo hereinkam. Plötzlich waren alle Unsicherheiten, ob ich bleiben sollte, wie weggewaschen. Ich schlang meine Arme um ihn und lächelte.

„Hey, alles okay?", wollte er wissen.

Ich nickte.

„Ich wusste nicht, dass du kommst, sonst wäre ich eher gekommen."

„Alessandro wollte, dass ich hierhin komme, damit wir reden können."

Carlo lachte. „Lass mich raten. Er hat nichts gesagt. Du hast hier gesessen und er hat nichts von sich gegeben."

Ich nickte und staunte, wie gut er seinen Bruder kannte.

„Bleib hier. Ich weiß genau, was Alessandro braucht."

„Mich?", flüsterte ich und fragte mich, ob die Gerüchte stimmten. Sie teilten alles, einschließlich Frauen.

Mir war klar, dass ich an einem Wendepunkt stand. Carlo wollte seinen Bruder mit einbeziehen. Ich hätte das ablehnen können, aber der Kuss, den ich mit Alessandro getauscht hatte, war ganz anders gewesen, als alles was ich mit Carlo gemacht hatte. Es war, als wäre an jedem von ihnen eine ganz andere Seite, nach der es mich verlangte.

Ich kannte mich in solchen Dingen nicht gut aus. Carlo war leidenschaftlich und begehrte mich. Bei Alessandro schien es mir, als er mich küsste, als ob er nicht atmen könnte, wenn er mich nicht in seinem Leben hatte. Das empfand ich bei ihm, es war wahnsinnig intensiv. Eine Intensität, die ich weder mit Carlo noch mit Adolfo verspürt hatte.

Carlo war spielerischer, wenn er liebevoll alle meine Bedürfnisse erfüllte. Bei ihm fühlte ich mich sexy und verlangend. Mit Adolfo war alles locker und leicht und ganz anders als mit Carlo.

„Wir werden vorsichtig sein, Baby", murmelte Carlo in mein Haar, als er seinen Bruder aufforderte, ebenfalls mein Liebhaber zu werden.

Ich wusste es, denn nun stand ich zwischen den beiden. Vor mir war Carlo und Alessandro ließ seine Hände von hinten über meine glatte Haut gleiten. Carlo tat es ihm gleich und nun streichelten nicht nur zwei Hände meinen Körper, sondern vier.

Ich legte meinen Kopf in den Nacken und küsste Carlo als Alessandros Hände an meinem Körper empor wanderten und sich unter meinen Pullover und über meine Brüste schoben. Ich atmete tief ein, als Carlo den Kuss unterbrach, und drehte mich zu

Alessandro herum. Ich beugte mich vor und sog Alessandros Duft tief ein.

Alessandro nahm mich in seine muskulösen Arme und senkte seinen Mund auf meinen. Er strahlte eine Hitze aus, die sich tief in meinen Körper brannte. Seine Zunge suchte meine und spielte mit ihr. Die feuchte Berührung seiner Zunge an meiner vermischte sich mit der Hitze seines Körpers und ich drängte mich an ihn.

Alessandro zog mich noch näher an sich.

„Wir sollten es uns etwas bequemer machen", schlug Carlo vor und zog mich von Alessandro fort.

Alessandro nahm meine andere Hand und wir gingen zusammen in Carlos Zimmer. Ich lächelte und hielt seinen Blick.

„Ich habe mich so lange danach gesehnt", seufzte Alessandro, als wir in Carlos Zimmer kamen und beim Bett stehen blieben. Er zerrte an meiner Hose. Der Knopf und der Reißverschluss gaben sofort nach und er schob sie bis zu meinen Füßen hinunter. Ich sah hinab und hob lächelnd nacheinander die Füße hoch, damit er meine Hose abstreifen konnte.

Alessandro ließ seine Hand wieder nach oben gleiten und stand auf. Dann fand er meine heißen Tiefen. Ich stöhnte erregt auf und schob die Hüften vor, als er seine Finger in meine Muschi steckte. Ich wölbte meinen Körper gegen seine Hand und drückte dabei meine Brüste unter dem Pullover in sein Gesicht.

Carlo zog mir den Pulli über den Kopf und zog mir den BH aus, und gab meine Brüste seinen Blicken frei. Ihren Blicken.

Carlo fuhr mit der linken Hand um meinen Körper, legte sie auf meine Brust und spielte mit der Brustwarze.

„Du bist so wunderschön, Bianca." Alessandros Stimme war rau und sein Atem ging schneller.

Ich wollte etwas sagen, aber verstummte, als Carlo mit seinen Fingern meine Brustwarzen drückte.

Er umkreiste die feste Spitze mit den Fingern und ich konnte nur noch ermutigend stöhnen.

Alessandro bewegte seine Finger tief in meiner Muschi und begann zu sprechen, seine Lippen nur einen Hauch von meiner

Brustwarze entfernt. „Carlo, zieh dich aus. Ich werde sie auf das Bett legen.

Ich konnte spüren, wie feucht ich durch die Berührung seiner Finger geworden war und fühlte ein Zucken tief in meinem Inneren. Mir war, als würden meine Beine unter mir nachgeben. Alessandro verlangsamte die Bewegung seiner Finger in meiner Muschi, trat zurück und sah mit zusammengekniffenen Augen amüsiert zu mir empor.

Carlo ging mit mir zum Bett. Als ich aufblickte, sah ich Alessandro, der sich die Kleider vom Leib riss, als ob sein Leben davon abhinge. Dann streifte er ein Kondom über, und als Carlo zur Seite trat, wusste ich, dass er mich Alessandro überließ.

Alessandro glitt in mich hinein, als wir auf dem Bett lagen. Er hatte seine Lippen neben meinem Mund auf meine Haut gepresst.

„Ich habe so lange darauf gewartet. Wenn ich dir wehtue, dann sage es mir.“

Als ich wusste, dass der böse Junge, der seine Gefühle nicht im Zaum halten konnte, sich um mein Wohlergehen Sorgen machte, begehrte ich ihn noch mehr. Ich begann mich

auf ihm zu bewegen, langsam und gleichmä-
ßig, bis er mich ganz erfüllte und ich mich in
ihm verlor.

„Fuck, Bianca!", stöhnte Alessandro.

Es war so sinnlich. Ich spürte, wie sich
meine Muskeln um ihn herum anspannten.
Ich ließ den Kopf in den Nacken fallen und
gab mich ganz der Lust hin, mich auf ihn
aufzuspießen. Alessandro fing sofort an nach
oben in mich einzudringen und traf genau
den richtigen Punkt mit seinem langen,
harten Schwanz, sodass ich laut stöhnen
musste.

Dann fiel mir ein, dass Carlo auch noch
da war.

„Vergesst mich nicht", knurrte Carlo und
kam an meine Seite. Er legte seine Arme um
mich und liebkoste meine Brustwarzen mit
sanften Fingern. Sein Schwanz schob sich
zwischen meine Arschbacken, als er mich
neben sich zog.

Alessandro bewegte sich ganz selbstverständlich zur Seite. Sie waren total aufein-
ander eingestimmt, also schloss ich die
Augen und überließ mich ganz ihnen. Carlo
versuchte nicht, in mich einzudringen, er

streichelte nur das feuchte Fleisch dort. Sie bewegten sich im Einklang, stießen in und an mich und zeigten mir, was ich haben könnte, wenn ich wollte.

Ich gab mich ganz meinen Empfindungen hin, während Alessandro mich fickte und plötzlich zuckte mein ganzer Körper, als die erste Welle mich überspülte und mir den Atem nahm. Ich kam, und wie. Alessandro küsste mich, seine Lippen spornten mich an, als die ersten Wellen kamen und mein Körper erzitterte. Ich klammerte mich an Alessandro, der mich weiter vögelte und sein erster Orgasmus wie ein Blitzschlag durch seinen Körper zuckte.

Ich sank mit geschlossenen Augen an Alessandros Brust und versuchte, wieder zu Atem zu kommen.

Carlo zog mich an sich und nun lag ich wie in einem Sandwich zwischen den beiden. Ich drehte den Kopf zu Carlo und ersetzte Alessandros Lippen mit seinen. Ich stöhnte in seinen Mund, als er seine Zunge mit meiner verschlang und seine Hände auf meine Hüften legte. Alessandros Hände folgten und ich stöhnte wieder.

Ich hatte das nicht geplant. Als ich auf seinen Schwanz sank, zog ich mich nicht zurück. Ich glitt an seine Seite und dann war er in mir und es machte mir nichts aus, weil es das wunderbarste Gefühl war, das ich je empfunden hatte. Ich ließ seine Schultern los und legte mich zu dem Mann neben uns.

Ich ließ meine Beine um Carlos Taille geschlungen, während Alessandro seine Lippen an meinem Rücken hinabwandern ließ.

„Du bist so verdammt eng, Bianca!"

Ein Mann brachte mich mit seinem Schwanz zur höchsten Ekstase der Lust, während der andere an meinem Rücken saugte.

Sie hörten nicht auf, mich zu berühren und sie hörten nicht auf, mich zu ficken. Sobald der eine aufhörte, nahm der andere seinen Platz ein. Ich verlor wieder und wieder die Sinne, mein Körper wand sich auf Carlos hartem Körper. Ich ließ mich gegen Alessandro sinken. Er protestierte nicht, sondern hielt mich in seinen Armen, während ich wieder zu Atem kam.

Ich grinste meine beiden Männer an und

streckte jedem eine Hand entgegen. Sie rückten näher an mich heran und legten ihre heißen, harten Schwänze in meine Hände. Ich verspürte das vertraute Pulsieren im Inneren meines Körpers. Sogar ihre Schwänze waren identisch, wie ich im gedämpften Licht der Nachttischlampe sehen konnte.

Ich hörte sie keuchen, als ich sie sanft mit den Händen in einem langsamen, aufreizenden Tempo streichelte. Ihr Stöhnen hatte eine sofortige Wirkung auf meine Klitoris, und der winzige, rosa Knopf fing an zu pulsieren. Ich hatte schon Lust und Erregung erfahren, aber das hier war so viel mehr.

„Oh!", ich konnte einen lustvollen Aufschrei nicht unterdrücken, als sie in meine geheimsten Öffnungen glitten und mich gemeinsam an den intimsten Stellen berührten.

Das Gefühl war nicht viel anders als vorhin, als Carlo mich ausgedehnt hatte, aber nun fühlte ich zwei Finger, die sich unabhängig voneinander in mir bewegten, einer in meinem Hintern, der andere in meiner

Muschi, und es fühlte sich einfach unglaublich an.

Ich schloss die Augen, als sie mit ihren Fingern in mich eindrangen und einer seinen Daumen gegen meine bereits total empfindsame Klitoris presste. Wieder durchfuhr mich eine unglaubliche Erregung und ich fühlte, wie es wieder geschah, wie der Aufbau der Gefühle mich schwindelig machte. Ich hatte bereits wahnsinnige Orgasmen gehabt, aber nicht mit diesem Extrakick, nicht mit dieser Spannung, diesem Verlangen und diesem Verzehren; es fühlte sich so gut an, dass es fast so gut war wie ein Orgasmus.

Ich passte die Bewegung meiner Hüften dem Tempo ihrer Finger an – ich konnte nicht anders – und meine Schreie kamen im Rhythmus der Berührung ihrer Hände und Lippen. Als der Daumen, der an meine Klitoris gepresst war, sich genau in die richtige Richtung bewegte, war ich mir sicher, dass ich gestorben war. Wie konnte ein Körper sein Innerstes nach außen kehren, wieder und wieder zusammenbrechen und explodieren, und immer noch lebendig sein? Ich war sicher, dass ich völlig vergessen hatte zu atmen und erstickt war. Vielleicht war ich sogar schon tot, aber dann flutete die Wonne wieder an meinem Rückgrat empor und ich wusste, dass ich wunderbar lebendig war.

„Fuck!", schrie ich noch einmal, als ich mich auf ihre Bewegungen in mir konzentrierte. Sie waren entschlossen, mir alles zu geben, was in ihrer Macht stand. Und ich genoss jede Sekunde.

Mein Körper war noch immer völlig high von all den Dingen, die sie mit mir gemacht hatten und ich wollte ihnen etwas zurückgeben. Ich sah Alessandro an und nahm seinen Schwanz in meine Hand.

Ich sah ihm tief in die Augen und nahm seinen Schwanz in meinen Mund, während Carlo in meine klitschnasse Muschi eindrang. Ich war so heftig gekommen, dass ich noch immer von meinen eigenen Säften triefte. Wie aus einem Munde stöhnten wir alle und gaben uns ganz unserer Wollust hin.

Es war schwer mitzuhalten, als ich versuchte, Alessandro und Carlo im gleichen Rhythmus zu befriedigen. Es war, als ob unsere Körper Musik machten und Carlos harte Stöße brachten mich dazu, härter zu saugen. Ich war mir sicher, dass Alessandro fast so weit war, und ich erwartete den Moment seines Höhepunktes voller Erregung.

Alessandro hielt mit der Hand meinen Kopf still und schob seinen harten Schwanz in meinen Mund, also musste ich länger das Tempo koordinieren. Sein Körper spannte sich und ich wusste, dass er gleich eine geballte Ladung in meine Kehle schießen würde, aber das war mir egal. Ich wollte es.

Mit einem letzten tiefen Stoß in meine Kehle ließ er sich gehen und ich schluckte jeden Tropfen seines Samens. Ich liebte es, wie er meinen Namen stöhnte, als er kam und wie er seinen Schwanz in meinen Hals und seine Hand auf meinen Kopf drückte.

Als er fertig war, zog ich mich von Alessandro zurück und nahm Carlo in die Arme. Alessandro küsste mich, als Carlo wieder in mich eindrang, und die Welt um mich herum wieder verschwand. Aber diese beiden Männer waren meine Welt und alles andere war unwichtig.

Er brachte mich wieder in ungeahnte Höhen, und als Carlo sich schließlich gehen ließ, schrie ich seinen Namen, als er in mir kam.

Ich hatte keine Ahnung, wie lange diese Beziehung dauern, oder wie sie enden würde, aber jetzt brauchte ich sie. Ich wollte sie in meiner Welt haben, und zwar nicht nur einen von ihnen, sondern beide.

KAPITEL 17

BIANCA

Ich lächelte, als mein Telefon läutete. Ich hatte nicht nur einen Freund, sondern drei. Was konnte man mehr verlangen? Die heißen Kerle, die ich früher gemieden hatte wie die Pest, waren jetzt meine Männer. Ich hatte sie um den kleinen Finger gewickelt, bereit alles für mich zu tun, wann und wo immer ich wollte.

„Welcher von ihnen schreibt dir gerade?", fragte Erika und kam näher.

„Alessandro, er ist so süß. Aber ich muss mal eine Pause machen, oder meine Muschi fällt auseinander." Ich lächelte sie an und dachte daran, wie sehr Alessandro sich in den letzten Wochen verändert hatte.

„Hör dich nur an! Vor einigen Monaten noch Jungfrau, und jetzt bekommst du es ständig besorgt. Oh, meine arme Muschi kann nicht mehr." Sie kicherte und fächerte mit flatternden Wimpern ihre Genitalien. Ich schob sie sanft zur Seite und versuchte aus dem Bett zu steigen.

„Mach dich nicht über mich lustig."

Sie schüttelte den Kopf. „Das tue ich gar nicht. Ich freue mich für dich. Ich kann mich nicht erinnern, dass du jemals so gestrahlt hast wie in der letzten Zeit … obwohl ich dich kaum noch sehe."

Ich rückte näher an sie heran und nahm ihre Hand. „Kannst du mir einen Gefallen tun?"

Sie nickte. Der ernste Ton in meiner Stimme hatte ihr sofort verraten, dass dies kein Spaß mehr, sondern etwas Wichtiges war.

„Was soll ich tun? Alles okay bei dir?"

Ich nickte und schüttelte gleichzeitig den Kopf. Dann sah ich ihr gerade in die Augen und verriet ihr, was ich von ihr wollte.

„Ich muss dringend meinen Onkel und

meine Omi sehen. Würdest du mich hinfahren?"

„Das ist alles?! Du hast mir einen Schrecken eingejagt, mit all deinem Drama. Ich dachte, es wäre etwas Schlimmes."

„Sie hörten sich sehr ernst an, als ich mit ihnen telefoniert habe. Sowohl meine Omi als auch Onkel Floyd haben mir Textnachrichten geschickt, dass ich dieses Wochenende zu ihnen kommen soll."

„Na und? Ich verstehe es immer noch nicht. Erkläre es mir."

„Sie fordern mich nie auf, am Wochenende nach Hause zu kommen. Echt nie. Und am Telefon hörten sich beide so an, als ob es wirklich dringend wäre."

Sie lächelte beruhigend. „Du machst dir viel zu viele Gedanken. Du musst an schöne Dinge denken, wie die drei Hengste, die dir zu Füßen liegen."

Ich nickte und hoffte, dass sie recht hatte, und ich mich wirklich umsonst verrückt machte.

„Ich freue mich, dass du mich gebeten hast, mitzukommen. Also sind wir immer noch beste Freundinnen."

Ich legte meinen Arm um sie. „Natürlich sind wir beste Freundinnen. Du warst vom ersten Tag an immer für mich da und hast mir geholfen."

„Oh ja, und das solltest du besser nicht vergessen", sagte sie und löste sich aus meiner Umarmung.

Ich schüttelte den Kopf. Das würde ich nie vergessen. Die Jungs waren großartig und ich verliebte mich jeden Tag mehr in sie, aber ich brauchte eine Freundin. Eine, die ich seit Jahren kannte, und die mir immer zu Seite gestanden hatte.

„Ich springe schnell in die Dusche und mache mich dann fertig", teilte ich ihr mit und nahm meine Duschsachen.

Sie nickte. „Ich sage Hank Bescheid, und dann können wir fahren, wann du willst."

Ich hatte meine Schicht von diesem Wochenende auf das nächste verlegt und wusste, dass Erika auch nicht arbeiten musste. Wir konnten also problemlos fahren. Ich musste nur entspannt bleiben und hoffen, dass es keine schlechten Nachrichten gab. Ich war zum ersten Mal in meinem Leben glücklich, was ich früher nie für möglich gehalten hatte. Ich wollte nicht pessimistisch sein und das Schlimmste annehmen, aber das Schicksal hatte die fürchterliche Angewohnheit, sich gegen einen zu wenden, und alles was schön war, hässlich zu machen.

Erika hatte ein Auto, und damit fuhren wir zu Onkel Floyds Haus. Wenn sie nicht gefahren wäre, dann hätte ich zwei verschiedene Busse nach Rhode Island nehmen müssen. Das hätte sehr viel länger gedauert, aber nun waren es nur einige Stunden Fahrt vom Campus bis dorthin. Erika fuhr immer sehr schnell, also würden wir noch eher ankommen. Ich hatte sie schon immer als weiblichen Mario Andretti bezeichnet. Oh ja, so schnell fährt sie.

„Oh Mist, ich habe ganz vergessen den Jungs zu sagen, dass ich dieses Wochenende nach Hause fahre", sagte ich, suchte mein Telefon und stellte die Musik leiser.

„Hast du nicht heute Morgen noch mit einem von ihnen gesprochen?"

Ich schüttelte den Kopf. „Nein, ich habe im Gruppenchat mit allen gesprochen. Aber ich hätte ihnen sagen sollen, dass ich dieses Wochenende nicht mit ihnen abhängen kann."

„Was sollen sie nur ohne dich anfangen?"

Ich seufzte, denn ich wusste, dass sie mich wieder hochnahm.

„Carlo hat ein Spiel und die anderen werden zuschauen. Danach werden sie wahrscheinlich im Two Sheets feiern."

Erika hob den Finger. „Wenn sie gewinnen."

Ich zwinkerte ihr zu. „Sie werden gewinnen. Ich vertraue ihnen."

Sie lachte. „Klar tust du das. Schick ihnen deine Nachricht – wir sind fast da."

Ich blickte auf und sah, dass sie recht hatte. Wir hatten die ganze Zeit, während Erika gefahren war, mit der Musik mitgesungen und getanzt, als ob wir auf einem Mädelstrip wären, sodass ich ganz vergessen hatte, warum ich überhaupt unterwegs war. Nun, da wir angekommen waren, fiel es mir wieder ein. Ich schickte schnell eine Textnachricht an die drei, bevor ich wieder nervös wurde.

Ich: Bin für das Wochenende nach Hause gefahren. Ich liebe und vermisse euch :)

Ich schluckte schwer, als ich meine Großmutter und Onkel Floyd erblickte, die auf der Veranda saßen. Meine Unruhe setzte wieder voll ein, und ich fragte mich, ob sie dort auf uns gewartet hatten.

„Oh, ich habe dich so vermisst, Bianca", rief Omi, schon als ich die Autotür öffnete.

Ich lächelte, als ich ihr silbergraues Haar entdeckte. Sonst war es immer sorgfältig frisiert, aber heute war ihr Haar unordentlich und ihre sonst so strahlenden blauen Augen wirkten trübe. Irgendetwas stimmte nicht – und zwar nicht nur eine Kleinigkeit, sondern etwas Ernstes. Onkel Floyd war eigentlich immer laut und fröhlich, doch nun sah er aus, als hätte er mehr als eine Woche nicht geschlafen.

Ich nickte ihm zu, als ich meine Omi in die Arme nahm. Sie hielt mich so fest, dass ich dachte, sie würde mir die Rippen zerquetschen.

„Was ist denn los?"

Sie löste sich von mir. „Nicht hier. Hallo Erika. Kommt, wir gehen ins Haus."

Ich nickte. Ich hatte ein schlechtes Gewissen, weil Erika meine Tasche trug. Sie ahnte wohl meine Gedanken und zwinkerte mir zu, um mir zu verstehen zu geben, dass es in Ordnung war. Wir gingen alle hinein. Ich wagte gar nicht, daran zu denken, was nicht stimmte. Ich hoffte nur, dass meine Omi nicht ernsthaft krank war und sie das gleiche Schicksal erleiden musste wie mein Großvater.

„Wollt ihr etwas trinken?", fragte Omi, als wir im Haus waren.

Ich schüttelte den Kopf. Erika ging mit Onkel Floyd die Treppe hinauf. Da wusste ich, dass etwas Schreckliches passiert war. Nicht nur etwas Schlimmes, sondern etwas wirklich Schreckliches.

Omi nahm meine Hand und führte mich ins Wohnzimmer. Normalerweise hätten wir uns jetzt ganz normal über alles, was in unserem Leben los war, unterhalten, aber heute würden wir nicht um den heißen Brei herumreden. Manchmal war es schlimmer, etwas nicht zu wissen, als es endlich zu erfahren.

Sie atmete tief ein und ich nahm ihre andere Hand. „Es gibt keinen schonenden Weg, das zu sagen …"

„Sag es einfach", ermutigte ich sie.

„Dein Vater ist tot."

Sie wartete auf eine Reaktion, dass ich etwas sagte, aber ich dachte zunächst, dass ich nicht richtig gehört hätte.

„Sagtest du gerade, dass Dad tot ist?"

Sie senkte langsam den Kopf und hob ihn dann wieder, wie um zu bestätigen, was sie gerade gesagt hatte.

„Ich hätte es dir sagen sollen, besonders als du angerufen hast, um uns zu erzählen, dass er bei dir gewesen ist. Kurz vor deinem Anruf war ich in Vegas. Sie sagten mir, dass er es war. Ich konnte ihn nicht wiedererkennen, also …"

„Wie meinst du das?"

Sie schüttelte den Kopf. „Du willst die Einzelheiten gar nicht wissen."

Ich widersprach ihr. „Doch, das möchte ich."

„Er war übel zusammengeschlagen worden", antwortete sie mit erstickter Stimme. „Sein Gesicht war völlig entstellt. Ich wusste nicht, ob er es war. Sie versuchten, seine Identität durch zahnärztliche Unterlagen festzustellen, aber ihr seid ja ständig umgezogen, sodass das auch schwierig war. Sie haben seine Unterlagen von einem Zahnarzt zum anderen geschickt, und schließlich bekamen wir eine Bestätigung."

Ich schüttelte den Kopf und stand auf.

„Das kann doch nicht wahr sein. Dad ist tot?", fragte ich, in der Hoffnung, dass das alles nur ein schlechter Witz war. Ein sehr kranker Witz.

Ihre Augen füllten sich mit Tränen, als sie mühsam aufstand. Sie war anscheinend in der Zeit, seit sie die Nachricht bekommen hatte, mehr gealtert als in den Jahren zuvor.

„Warum hast du es mir erst jetzt gesagt?"

Sie seufzte. „Zuerst waren wir uns nicht

sicher und wollten dich nicht umsonst beunruhigen. Aber dann kam Russo – du weißt
schon, der alte Freund deines Vaters – und
half dabei zu bestätigen, dass es Paul war. Da
wussten wir, dass wir es dir sagen mussten.
Floyd wollte es dir eigentlich erst nach
deiner Abschlussprüfung sagen, aber das
fand ich nicht richtig. Ich denke, du möchtest
sicher an der Beerdigung teilnehmen und wir
konnten das Bestattungsunternehmen nicht
so lange vertrösten."

Sie redete mit meinem Rücken, denn ich
war schon auf dem Weg die Treppe hinauf.
Ich wollte allein sein. Ich wusste, dass Erika
oben war, aber nichts von alledem machte
Sinn. Omi hatte ‚Russo‘ erwähnt, was bedeutete, dass Dante Bescheid wusste. Hieß das,
dass seine Söhne es auch wussten?

Nein, das war nicht möglich, verteidigte
ich sie insgeheim.

Aber vielleicht wussten sie es. Vielleicht
hatte sich Alessandro deshalb von einem
Eisblock in einen rücksichtsvollen Mann
verwandelt, wie ihn sich jede Frau erträumte.
Aber wenn sie gewusst hatten, dass mein

Vater tot ist, dachten sie, dass sie meinen Schmerz lindern könnten?

Ich öffnete die Tür zu meinem Zimmer und fand es leer vor. Ich wusste nicht, wo Erika war, aber das war mir in diesem Moment auch egal.

Ich knallte die Tür hinter mir zu und nahm mir Henry, den ersten Teddybär, den mein Vater mir gekauft hatte. Er hatte mir versprochen, dass der mich immer beschützen würde. Warum konnte er mich nicht vor der Trauer und dem Schmerz beschützen, die mich jetzt überkamen? Warum hatte er ihn nicht beschützt?

Ich warf Henry zur Seite. Ich hasste ihn.

Und ich hasste den Gedanken, dass Dad sich das alles selbst angetan hatte.

KAPITEL 18

ALESSANDRO

Dad schickte mir eine Textnachricht, dass er auf dem Campus war und er genau dreißig Minuten Zeit hatte, sich mit mir zu treffen, um zu reden. Es war keine Bitte.

„Wohin gehst du?", fragte Carlo. Er reckte sich und versuchte, von der Couch aufzustehen. Er war etwas verkatert, weil er bei der Siegesfeier am Vorabend etwas zu viel getrunken hatte.

„Nach unten. Dad ist hier."

Er sah sich langsam im Raum um. „Wo?"

Ich lachte. Anscheinend war er noch immer etwas betrunken. „Nicht hier, er ist am Eingang zum Campus. Er will sich mit mir treffen."

„Fuck", sagte er und griff nach seinem Handy. Dann schüttelte er den Kopf. „Ja, nur du. Mir hat er keine Nachricht geschickt."

„Mir auch nicht", verkündete Adolfo, klopfte mir auf den Rücken und ging in die Küche. Ich beschloss, so schnell wie möglich aus dem Haus zu gehen, bevor ich in unsere typische sonntägliche Diskussion einbezogen wurde – warum waren keine Lebensmittel in der Küche außer meinen Smoothies.

Ich lief zum Parkplatz und sprang in meinen Jeep, bevor die Zeit um war. Ich hatte noch fünfzehn Minuten Zeit, um zur anderen Seite des Campus zu gelangen, bevor Dad wieder abfuhr. Ich wusste, was seine Nachricht bedeutete, entweder ich war in einer halben Stunde da, oder ich brauchte gar nicht mehr aufzutauchen.

Es musste um etwas Ernstes gehen. Ich nahm an, dass er mit mir über Paul reden wollte, da er mich gebeten hatte zu kommen, und nicht meine Brüder.

Als ich am Rand des Campus mit quietschenden Bremsen zum Stehen kam, sah ich seine Limousine, die an der Seite geparkt war. Schnell sprang ich aus meinem Wagen und ging auf seinen zu. Rik stand an der Autotür und sah mich an, als er sie öffnete. Als ich seinen Blick erwiderte, wandte er sich ab.

Die Sache war nicht nur ernst – sie war verdammt ernst.

Dad saß auf der anderen Seite, sein Blick und seine Haltung waren kalt. Er sagte keinen Ton, bis Rik die Tür zugeschlagen hatte, dann hörte ich die Schlösser einrasten.

„Alessandro, bitte sag mir, dass es nicht stimmt. Sag mir, dass du nicht den harten Kerl spielen wolltest. Den Helden. Du wolltest Pauls Problem lösen und hast den ganzen verdammten Scheiß ausgelöst, der nun auf uns herabregnet."

„Dad, es tut mir ..."

„Habe ich dir erlaubt zu sprechen?", sagte er und warf mir einen kalten Blick zu. Seine Augen waren blutunterlaufen, als ob er die ganze Nacht nicht geschlafen hatte. Außerdem war er nicht glatt rasiert wie sonst und er trug Jeans und ein Shirt, beides Kleidungsstücke, von denen ich niemals geahnt hätte, dass er sie überhaupt besaß.

„Du hast Glück gehabt, dass Rik den ganzen Mist für dich geregelt hat. Du hast Glück gehabt, dass deine Mutter nicht als Folge deiner Dummheit unseren Beerdigungen beiwohnen muss."

Dann kam er etwas näher und sagte: „Mach so etwas niemals, niemals noch mal. Hast du mich verstanden?"

Ich wusste, dass er mich damit aufforderte zu sprechen. Mein Vater hatte mich noch nie geschlagen, nicht einmal einen kleinen Klaps, als wir noch Kinder waren, aber ich hatte das Gefühl, dass er im Moment große Lust dazu verspürte. Er wollte, dass ich den Schmerz fühlte, den ich ihm bereitete, der ihm eine schlaflose Nacht beschert und ihn gezwungen hatte, zum Campus zu kommen.

„Ja."

Wie auf Stichwort öffnete Rik die Wagentür. Ich wollte gerade aussteigen, da ergriff Dad meinen Arm und sagte: „Nur noch eins. Sag deinen Brüdern – und das gilt auch für dich – dass ihr aufhören müsst Bianca zu ficken."

Er fluchte nie und benutze nie solche obszönen Wörter. Ich hatte schon einen Fuß auf dem Boden, aber er hielt mein Handgelenk mit eisernem Griff fest und da wusste ich, dass meine Antwort nicht verhandelbar war.

„Ja."

Er nickte, als ob dieses eine Wort ihm als Zusicherung genügte.

Zum ersten Mal in meinem Leben hatte ich meinen Vater angelogen und etwas vor ihm geheim gehalten, auch wenn er es schließlich herausgefunden hatte. Ich hatte versucht, die Gauner auszubezahlen und irgendwie war mein Vater in die Sache hereingezogen worden. Nichts in diesem Gespräch war verhandelbar.

Ich wusste genau, dass meine Brüder mich hassen würden, wenn ich ihnen sagte, dass wir Bianca nicht mehr sehen durften. Ich hatte mich in etwas eingemischt, das mich nichts anging, und nun mussten wir alle den Preis dafür bezahlen.

Carlo würde mir nie verzeihen, wenn wir

Bianca aufgeben müssten, und ehrlich gesagt, wusste ich, dass ich das auch nicht konnte. Seit ich sie kannte, fühlte ich mich viel lebendiger, auch wenn wir erst seit einigen Wochen enger zusammen waren.

Könnte ich einfach so auf sie verzichten?

Ich hatte jedenfalls keine Wahl, denn ich wollte nicht wissen, was Dad mir antun würde, wenn er herausfand, dass ich ihn angelogen hatte.

Rik ging auf die Fahrerseite, stieg ein und sie fuhren davon. Ich hatte noch nie Angst vor meinem Vater gehabt, aber bis jetzt hatte ich auch noch nie einen Grund dazu gehabt.

KAPITEL 19

CARLO

Ich folgte Alessandro auf meinem Motorrad, aber als er an der Einfahrt zum Campus anhielt, blieb ich stehen. Rik sagte kein Wort zu ihm, und ich konnte nur vermuten, dass Dad in der Limousine saß.

Fuck.

Er stieg nicht einmal aus und Alessandro blieb nicht lange im Auto sitzen. Was zum Teufel war bloß los?

Als Alessandro mich sah, verschwand alle Farbe aus seinem Gesicht. Er schüttelte den Kopf, als ich näher kam. Ich musste gar nichts sagen. Aus irgendeinem Grund rieb er sich sein Handgelenk, als ob er sich verletzt hätte. Als er aufhörte, sah ich, dass es gerötet war.

„Hat Dad das getan?", fragte ich und zeigte auf sein Handgelenk.

Er nickte und starrte auf den Platz, wo die Limousine gerade noch gestanden hatte, als ob er sich das, was sich dort abgespielt hatte, noch einmal durch den Kopf gehen ließ.

„Ich habe Scheiße gebaut, Carlo", schluchzte er. Das letzte Mal, als ich meinen Bruder hatte weinen sehen, war, als er neun Jahre alt war und jemand unseren verdammten Hund überfahren hatte. Das hatte ihn zum Weinen gebracht, aber seitdem war er der Harte in der Familie.

Jetzt klammerte er sich an mir fest und schluchzte in meinen Armen.

Ich wusste nicht, wie ich auf sein Geständnis oder darauf, wie er sich gerade verhielt, reagieren sollte. Meinen Bruder so schwach zu sehen, hätte eigentlich ein Gefühl der Verachtung auslösen sollen, aber stattdessen stahl sich Mitleid in mein Herz, weil ich wusste, wie schwer es ihm fiel, seine verletzliche Seite zu zeigen.

„Paul ist tot und es ist alles meine Schuld."

Ich umarmte ihn ganz fest, um ihn über seinen Schmerz hinwegzutrösten. „Ich bin mir sicher, dass du daran keine Schuld trägst."

„Ich wünschte, ich könnte es abstreiten, aber ich weiß, dass ich schuld bin. Ich weiß es, und was noch viel schlimmer ist, Dad weiß es auch."

„Lass uns von hier abhauen und uns irgendwo in Ruhe unterhalten", schlug ich vor und zog ihn mit mir fort. „Wir könnten ins Two Sheets gehen, dort ist es um diese Zeit ziemlich ruhig."

Er stimmte zu und sprang in seinen Wagen, während ich mein Motorrad bestieg. Wenn man sich an einem Sonntagmorgen auf eines verlassen konnte, dann, dass die meisten Studenten lange schliefen. Trotzdem öffnete das Two Sheets um diese Zeit, und da Bianca über das Wochenende nach Hause gefahren war, würden wir sie auch nicht dort sehen.

Ich fragte mich, warum sie nach Hause gefahren war. Danach hatte ich Alessandro fragen wollen, aber die Gelegenheit hatte sich noch nicht ergeben.

Da ich mit dem Motorrad unterwegs war, konnte ich einige Abkürzungen nehmen. Ich bestellte schon etwas, während ich auf Alessandro wartete, und setzte mich in eine ruhige Ecke. Dann behielt ich die Tür im Blick und trank meinen Kaffee.

Als er hereinkam, empfand ich Erleichterung, obwohl seine Augen gerötet waren. Man musste kein Genie sein, um zu sehen, dass er geweint hatte und er holte schnell seine Sonnenbrille hervor. Ich hatte ein unbehagliches Gefühl im Bauch, aber ich winkte ihm zu, deutete dahin wo ich mich hingesetzt hatte und ging zum Two Sheets Kellner und holte einen doppelten Espresso.

Er nickte, und setzte sich dann mit gesenktem Kopf auf den Platz mir gegenüber. Ich hatte das Gefühl, dass alle ihn anstarrten, aber dann wurde mir klar, dass ich mir das nur einbildete. Niemand, der um diese Zeit hier war, interessierte sich für uns. In der Ecke saßen ein paar Streber, die wahrscheinlich auf dem Weg zur Bücherei waren, und Ken. Er arbeitete, wann immer er konnte, was nicht oft zu sein schien. Er war so ein Typ, der immer sagte, dass er Geld brauchte, aber wann immer er die Gelegenheit hatte, sich vor einer Schicht zu drücken, dann tat er das. Jedenfalls hatte Bianca mir das erzählt.

Als ich meinen doppelten Espresso bekommen hatte und wieder zu Alessandro zurückging, schien er sich etwas beruhigt zu haben und war nicht mehr das Nervenbündel wie vorhin, als er mit unserem Vater gesprochen hatte.

„Ich weiß nicht, was mit mir los war, aber nach diesem Frühstück damals musste ich ständig an Paul und Bianca denken."

Ich schüttelte den Kopf. „Du meinst, nachdem du beschlossen hattest, dass ihr Vater ein Säufer und sie nur hinter dem Geld her war, hast du dich aufgemacht, um ihn zu finden? Das macht doch keinen Sinn."

„Ich weiß", stimmte er zu. „Ich war irgendwie total in Rage. Irgendetwas, was ich lange in mich hineingefressen hatte, ist in mir explodiert."

Alessandro war ein Hitzkopf, das konnte man nicht abstreiten. Aus genau diesem Grund hatten Adolfo und ich uns so viele Jahre von ihm ferngehalten. Er war wie ein verdammter Löwe und würde seinen Frust an allem und jedem auslassen, der ihm in den Weg kam.

„Sie hat mich mit ihren weichen Lippen und großen Augen verrückt gemacht. Ich wollte sie einfach nur so weit wie möglich von uns fernhalten, aber dann ist etwas geschehen."

„Was?", wollte ich wissen. Ich kippte meinen Espresso herunter und wartete, dass er sich etwas klarer ausdrückte. Er redete in Rätseln.

Einen Teil der Geschichte kannte ich schon, nämlich wie er sich bei dem Früh-stück benommen hatte, aber ich ahnte, dass noch mehr dahintersteckte. Dad war mit dem Auto hierhergekommen. Er war nicht geflogen, sondern gefahren, als ob er gehofft hatte, dass die lange Fahrt eine beruhigende Wirkung auf ihn hätte. Außerdem wollte er weder mich noch Adolfo sehen. Er war nur gekommen, um Alessandro etwas zu sagen, oder ihn zu warnen, und ich wusste, dass es etwas Schlechtes war.

„Also, bin ich nach Vegas gereist. Rik hatte mir gesagt, dass Paul dort war und dass er einigen Typen Geld schuldete, also flog ich nach Vegas, um die Sache auszuchecken."

Ich schüttelte den Kopf. „Du hast echt Eier. Scheiße, Mann. Was ist dann passiert?"

„Ich fragte herum, hatte einige Schwierigkeiten und endlich sagte jemand etwas, was ich hören wollte. Er sagte, dass er wusste, wer die Typen waren, die Rik kannte, und glaub mir, dass ich mir an dem Tag fast in die Hose gemacht habe. Mir wurde schlagartig klar, dass das alles eine Nummer zu groß für mich war."

Er schüttelte den Kopf, als ob er den ganzen Albtraum noch einmal durchlebte und ich wartete gespannt, dass er mir erzählte, was dann passiert war.

„Ich war in einem schäbigen Motel untergekrochen. Das Bett war voll mit lauter ekligem Viehzeug und zum ersten Mal in meinem Leben wurde mir klar, was für ein privilegiertes Leben wir führen. Klar wusste ich, dass wir reich sind und alles bekommen …"

Ich konnte nicht glauben, was ich hörte.

„Bruder, du hast echt mit dem Kopf in den Wolken gelebt", sagte ich. Ich wusste, dass wir immer alles bekommen hatten. „Denkst du etwa, dass hartes Training und Studium uns zu harten Kerlen machen? Scheiße, einige der Geschichten, die Bianca mir erzählt hat, haben mir klargemacht, dass wir gar nichts vom Leben wissen. Warum, glaubst du, gibt Dad uns ein Budget? Damit wir etwas lernen, aber anscheinend hast du das nicht kapiert. Du neigst dazu, immer zu viel Geld auszugeben. Aber, das ist jetzt Nebensache. Wir müssen jetzt einfach nur daran denken, was wir für ein verdammtes Glück gehabt haben. Du würdest nicht glauben, wie viele Mahlzeiten Bianca überspringen musste, weil sie zu viel Angst hatte, um herauszugehen und das Notwendigste einzukaufen. Noch bevor sie dreizehn Jahre alt war, hatte sie schon viele Nächte im Auto verbringen müssen. Es war sehr schwer für sie, ihren Vater zu verlassen, sie hatte Angst, aber sie ist ein mutiges Mädchen und hat es allein geschafft. Ihr Onkel wollte für alles bezahlen, aber wenn man so lange für sich selbst und den eigenen Vater gesorgt hat, dann weiß man, wie man sich allein durchschlagen kann.“

„Seitdem habe ich alles für sie getan, um es wieder gutzumachen“, sagte er und lehnte sich in seinem Stuhl zurück. „Deshalb habe ich beschlossen, mich der Gruppe anzuschließen und alles.“

Ich schüttelte den Kopf. „Ich verstehe nicht. Was ist geschehen und was hast du wieder gutzumachen?“

„Rik. Er kam am Abend vor der Übergabe zu mir.“

Ich wollte etwas sagen, aber er schüttelte den Kopf. „Du weißt schon, das Geld, das ich von euch genommen habe.“

„Eher gestohlen. Erzähl weiter.“

„Scheiße, Mann.“ Er rieb sich die Stirn. „Ich weiß nicht, was in mich gefahren ist. Rik sagte, dass er mir die Information gegeben hatte, damit ich wusste, was für Typen Paul Geld schuldete und ich mich von ihnen fernhalten würde. Nicht, damit ich mich in die Sache reinhänge. Er kam zu mir in die Absteige, sagte mir, ich sollte abhauen und rief mich vor vier Wochen an, um mir zu sagen, dass Paul tot ist.“

„Vor vier Wochen. Und wieso ist erst jetzt die Kacke am Dampfen?“

Er zuckte die Achseln. „Ich weiß es nicht. Wirklich nicht. Aber das kann nur eins bedeuten – wenn Dad es weiß, dann muss Bianca es auch wissen."

„Natürlich. Deshalb ist sie dieses Wochenende nach Hause gefahren. Wahrscheinlich wollen sie es ihr sagen."

Er sagte kein Wort und rieb sich wieder die Stirn. An der Art, wie seine Schultern bebten, sah ich, dass er weinte.

„Hör zu, Bruder, mach dir keine Sorgen. Das ist nicht deine Schuld. So wie ich es sehe, hatte Paul eine Todessehnsucht. Wenn du nichts gemacht hättest, dann hätte sein Schicksal ihn sowieso eingeholt. Allerdings frage ich mich, ob Rik etwas mit seinem Tod zu tun hatte."

Alessandro sah mich so kalt an, dass mir ein Schauer über den Rücken lief. Ich wusste die Antwort auf meine eigene Frage – natürlich hatte Rik etwas damit zu tun. Vielleicht hatte er Paul nicht direkt umgebracht, aber er hatte unseren Vater irgendwie darin verwickelt. Wir wussten, dass Rik kein verdammter Engel war. Er hatte eine Vergangenheit – das hatte Dad uns klargemacht –

und deshalb behielt er ihn immer in der Nähe.

Dad hatte jedoch nichts mit der Mafia zu tun ... aber dann kam mir ein Gedanke. Vielleicht war Alessandro nicht der Einzige, der naiv war, sondern wir waren alle naiv gewesen. Natürlich war Dad irgendwie mit der Mafia verwickelt. Sonst hätte er es nicht nötig, einen Kerl wie Rik um sich zu haben.

Das musste Alessandro herausgefunden haben. Wir hatten so ein beschütztes Leben geführt, dass wir wie blind umhergelaufen waren. Außer Adolfo, der immer lachte, wenn wir die Geschichte unserer armen Einwanderergroßeltern erzählten. Ich erinnerte mich, dass er einmal gefragt hatte, ob wir die Geschichte wirklich glaubten, oder ob wir den Leuten diese Scheiße einfach nur erzählten, um ihnen was vorzumachen.

Alessandro und ich waren stinksauer, dass er andeutete, dass unsere Familie nicht das war, was unser Vater uns erzählt hatte, seit wir klein waren.

„Aber das ist noch nicht alles. Dad sagt, dass wir aufhören sollen, Bianca zu ficken."

„Er hat diese Wörter gebraucht?"

Alessandro nickte und auf einmal fühlte ich mich traurig. Nicht so sehr wegen Pauls Tod, aber weil wir nicht länger mit Bianca zusammen sein durften. Daran war nicht zu rütteln. Unser Vater hatte uns einen direkten Befehl gegeben und zum ersten Mal hatte ich das Gefühl, dass er uns nicht nur den Geldhahn zudrehen würde, wenn wir nicht gehorchten.

Er würde etwas viel Schlimmeres tun.

KAPITEL 20

BIANCA

Ich hätte ihn niemals verlassen dürfen. Ich hätte niemals meinen eigenen, egoistischen Wünschen nachgeben sollen, zu studieren, mein eigenes Leben zu leben. Er war mein Fleisch und Blut und ich hatte ihn im Stich gelassen. Deshalb war er jetzt tot. Es war alles meine Schuld.

„Bianca, ich muss bald fahren", flüsterte Erika und kam zu mir ans Bett. Ich hatte meine Vorhänge zugezogen und außer, um ins Bad zu gehen, hatte ich mein Zimmer das ganze Wochenende nicht verlassen. Meine Omi hatte einige Male versucht hineinzukommen, aber ich hatte ihr gesagt, sie solle mich allein lassen. Ich wollte mit meinen Gedanken allein sein, und vor allem mit meiner Trauer.

„Es ist schon vier Uhr vorbei und ich weiß nicht, ob du mit zurück zum Campus kommst, oder nicht?"

Sie hatte sich bei mir auf die Bettkante gesetzt. Ich hatte mich ihr gegenüber schrecklich verhalten. Ich hatte sie gebeten mir zu helfen, und sie dann die ganze Zeit nicht beachtet.

Ich zog die Decke zurück und krächzte etwas. Meine Stimme war total heiser, wahrscheinlich, weil ich zu wenig getrunken und geschlafen hatte. Ich wollte einfach nur allein sein. Ich war egoistisch gewesen und hasste mich dafür.

„Es tut mir so leid, ich habe dich mitgeschleppt, damit du mich unterstützt, und dich dann völlig links liegengelassen."

Sie schlang die Arme um mich. „Deshalb war ich doch hier."

„Ja", sagte ich und löste mich von ihr, „aber ich hätte mich wenigstens darum kümmern sollen, wo du schläfst und so was.

Ich kann nur nicht aufhören, an ihn zu denken. Dass ich ihn nie wiedersehen werde."

Sie räusperte sich, hielt meine Hand und suchte nach den richtigen Worten, um mir zu sagen, was sie empfand.

„Ich weiß nicht, wie ich das sagen soll, ohne deine Gefühle zu verletzen … aber ich werde nicht um den heißen Brei herumreden. Ich weiß, dass du ihn geliebt hast, weil er dein Vater war, aber Paul war ein Mann, der nur an sich selbst dachte. Er hat nie für dich gesorgt und hat alles und alle, die seinen Weg kreuzten, kaputtgemacht."

Die Welle der Wut, die in mir aufstieg, als sie diese Worte aussprach, gab mir einen plötzlichen Energieschub. Sie hatte kein Recht so etwas über meinen Vater zu sagen.

„Mach, dass du rauskommst", schrie ich sie an und sprang aus dem Bett.

„Ich weiß, dass du unglücklich bist und um ihn trauerst, aber vielleicht ist es das Beste für euch, dass Paul tot ist. Ihr könnt das jetzt alles hinter euch lassen."

Ich rannte um mein Bett herum, als ob der Raum in Flammen stünde, und zerrte sie zur Tür.

„Floyd hat mir erzählt, wenn Dante nicht gewesen wäre, dann wäre jetzt nicht nur Paul tot, sondern ihr alle."

Als wir an meiner Zimmertür ankamen, und sie keinen Widerstand mehr bot, beschloss ich, ihr eine Chance zu geben, mir das zu erklären. „Was redest du da?"

„Dante hat alles bezahlt, was nötig war, um nicht nur dich vor einem frühen Grab zu bewahren, sondern auch deine Familie. Dein Vater taugte nichts, Bianca. Ich weiß, dass es schwer für dich ist, das zu hören, aber es stimmt."

Ich kannte Erika gut genug, um zu wissen, dass sie niemals lügen würde, was man von meinem Vater nicht gerade behaupten konnte. Er hatte immer und überall gelogen, was Erikas Behauptung stärkte. Sie wusste mehr über die ganze Sache als ich, und sie versuchte, es mir zu erklären, aber eins war klar – ich war nicht bereit zuzuhören.

„Ruf mich an, wenn du bereit bist, darüber zu reden. Du weißt, dass ich immer für dich da bin", sagte sie.

Sie wartete auf eine Antwort, aber ich

kroch einfach nur zurück unter meine Decke. Dort lag ich mit offenen Augen und hörte, wie sie hinausging. Dann lief ich zum Fenster, das auf die Einfahrt blickte, und wartete, bis sie abfuhr, damit ich mit meiner Omi und Onkel Floyd reden konnte. Ich sah zu, wie die beiden Erika umarmten, bevor sie in ihr Auto stieg. Sie sah zu mir hoch und winkte, aber ich winkte nicht zurück. Sie öffnete mit gesenktem Kopf die Autotür und stieg ein. Ich würde sie um Verzeihung bitten, wenn ich die Antworten auf meine Fragen bekommen hatte.

Ich hatte gerade meinen Vater verloren. Er war für alle anderen vielleicht ein nutzloser Versager gewesen, aber für mich war er immer noch mein Vater.

Ich ging die Treppe hinunter und passte es so ab, dass wir alle zur gleichen Zeit an der Tür waren. Onkel Floyds Mundwinkel kräuselten sich zu einem Lächeln, als er mich dort warten sah. Anscheinend freute er sich, mich zu sehen.

„Möchtest du etwas essen?", fragte er beim Hereinkommen.

Ich nickte. Mir war ganz egal, was er mir anbieten wollte, solange ich es vertragen und mich wieder normal fühlen könnte.

„Wir könnten doch hier draußen essen", schlug meine Omi vor. Da fiel mir auf, dass sie viel besser aussah als gestern, als ich angekommen war. Ihr Haar war ordentlich hochgesteckt, wie immer, und ihre Augen waren nicht mehr gerötet. Sie sah aus, als hätte sie die Nacht gut geschlafen, was man von mir nicht behaupten konnte.

„Ich habe immer gern draußen gegessen, besonders bei so schönem Wetter wie heute", erwiderte ich und nahm ihre Hand.

Sie stimmte mir zu. „Nicht zu heiß und nicht zu kalt."

Ich setzte mich mit ihr an den Tisch und es dauerte nicht lange, bis Onkel Floyd mit einem Servierwagen mit Hamburgern und Pommes kam, meinem Lieblingsessen. Schnell half ich ihm, den Wagen herauszuschieben und die gefüllten Teller auf den Tisch zu stellen. An den verschiedenen Mengen Fritten auf jedem Teller erkannte ich, wer welchen Teller bekam. Omi nahm das Besteck aus dem unteren Fach, ich legte die Servietten bereit und Onkel Floyd holte Getränke aus dem Kühlschrank, der auf der Terrasse stand.

Es war komisch, wie wir sofort alle ganz selbstverständlich unsere Plätze zum Essen einnahmen, ohne ein Wort zu sagen, aber wir mussten unsere Rollen spielen ... und dann verstand ich es auf einmal. Sie hatten mich vor der Wahrheit behütet und geschützt, und ich hatte es ihnen gedankt, indem ich sie schlecht behandelte.

Wir setzten uns und aßen schweigend. Ich hatte mir wie immer eine ungesunde Dose Cola genommen, die ich beim Essen trank, um noch eine Extradosis Zucker einzufahren. Onkel Floyd hatte mich deswegen früher aufgezogen und gesagt, dass ich schon süß genug sei und nicht noch mehr Zucker nötig hätte. Heute tat er das nicht – heute gab es diese Art von Gespräch nicht. Meine Omi spielte nur mit ihrem Essen. Ich konnte nicht verleugnen, dass ich wahnsinnig hungrig war – ich stopfte das Essen in mich hinein, so schnell es ging.

„Langsam, langsam." Sie lachte, als sie meinen Teller sah. Mein Blick wanderte zu ihrem. Es war mir peinlich, dass ich gerade meinen ganzen Hamburger und Fritten in wenigen Bissen vernichtet hatte. Ich hatte mein Essen kaum gekaut, es nur reingeschaufelt und nachgeladen.

Das Verrückte war, dass ich noch gar nicht satt war. Nicht im Mindesten.

„Ich hole mir noch etwas."

Ich wartete nicht auf eine Antwort, sondern stand auf und ging in die Küche. Wie immer gab es dort einige Extra-Hamburger. Meine Omi machte immer etwas mehr, falls Onkel Floyd und ich einen Nachschlag wollten.

Ich trug meinen Teller, der bereits auf dem Weg zur Terrasse immer leerer wurde, und als ich näher kam, hörte ich sie reden, einmal glaubte ich sogar, sie lachen zu hören. Ich blieb an der Tür stehen und versuchte zu lauschen und gleichzeitig zu essen.

Als ich damals bei ihnen eingezogen war, hatte ich ständig Angst gehabt, dass sie über mich reden würden. Doch das taten sie nie, und wenn, dann nur über irgendwelche verrückten Sachen, die ich gemacht hatte und wie schön es war, ein Kind im Haus zu haben.

„Kommst du zu uns oder willst du dort stehen bleiben und uns zuhören?“, rief Onkel Floyd und ich musste grinsen.

Ich ging durch die Tür und war auf einmal gar nicht mehr so hungrig wie noch vor wenigen Minuten. Ich setzte mich hin und dachte, dass ich ihnen eine große Entschuldigung schuldete. Sie hatten es nicht verdient, wie ich sie damals behandelt hatte, und erst recht nicht, wie ich es jetzt tat.

„Es tut mir so leid“, sagte ich mit gesenktem Blick. Keiner sagte etwas und ich hob den Blick langsam zu Onkel Floyd.

„Du musst dich für gar nichts entschuldigen. Wir sind einfach nur froh, dass dir nichts passiert ist. Die Nachricht kam nicht wirklich überraschend. Ich wusste, dass es irgendwann einmal passieren würde – ehrlich gesagt, hatte ich es schon früher erwartet. Aber eigentlich habe ich mir hauptsächlich Sorgen gemacht, wie du dich fühlen würdest.“

Ich zuckte die Achseln. „Ist es schlimm zuzugeben, dass ich ein wenig erleichtert bin? Als ich ihn das letzte Mal gesehen habe, war er völlig fertig. Ich habe ihn ja schon oft in schlechter Verfassung gesehen, aber noch nie so schlimm."

„Ich weiß", sagte Onkel Floyd und legte seine Hand auf meine Schulter. „Ich hätte dir sagen sollen, dass wir wussten, dass er bis zum Hals in Schwierigkeiten steckte, und dass er sich vorher auch bei uns gemeldet hatte, als du anriefst, um uns zu sagen, dass er gar nicht gut drauf war. Aber wir wollten dich nicht beunruhigen."

„Er hat Floyd sogar bedroht", bemerkte Oma. „Er hat gesagt, dass er immer eifersüchtig auf ihn war, und es kam zu einer bösen Szene. Das war, bevor er zu dir gekommen ist. Wir haben versucht, die Daten zu vergleichen."

Ich sah Onkel Floyd an und es tat mir sehr leid, dass er die ganzen Beleidigungen über sich ergehen lassen musste, die ich auch schon in der Vergangenheit miterlebt hatte. Die hatte er wirklich nicht verdient.

Mein Vater hatte immer behauptet, dass

Onkel Floyd eifersüchtig auf ihn war. Zwar hatte Onkel Floyd, im Gegensatz zu ihm, keine Frau und keine Kinder, aber er war ein Familienmensch, mehr als mein Vater je gewesen war. Er hatte mich aufgenommen und für mich gesorgt. Er hatte mich nie für seine eigenen, egoistischen Zwecke benutzt. Eher das Gegenteil.

„Ich habe immer gedacht, dass ich eine schlechte Mutter war", fuhr meine Groß-mutter fort. „Dass ich bei Paul etwas anders gemacht hatte als bei Floyd, und ich habe immer überlegt, wie ich die Fehler der Vergangenheit wieder ausbügeln könnte."

„Mom, nicht doch", mahnte Onkel Floyd.

Sie hatte Tränen in den Augen, als sie weitersprach, als ob sie Onkel Floyds Bitte gar nicht gehört hätte. „Ich war schon seit vielen Jahren darauf vorbereitet, dass eines Tages jemand an meine Tür kommen würde, um mir mitzuteilen, dass er tot sei, und als es schließlich geschah, fühlte ich mich, als ob ich versagt hätte."

Onkel Floyd schüttelte den Kopf. „Versagt?"

„Das denke ich immer noch. Ich weiß,

dass sein Tod bedeutet, dass wir jetzt in Sicherheit sind, aber mich bedrückt der Gedanke, dass mein Sohn sterben musste, damit wir sicher sind. Ich frage mich, ob die Dinge sich anders entwickelt hätten, wenn euer Vater noch am Leben wäre", sagte sie und sah Onkel Floyd an.

„Selbst im Tod sorgt er noch dafür, dass du dich schuldig fühlst", schimpfte Onkel Floyd. „Ich war auch noch sehr jung, als Vater starb, aber ich habe nicht gestohlen, mich nicht jeden Abend betrunken und nicht meine Familie verlassen, wie Paul es getan hat. Du kannst es auf Vaters Tod schieben, oder auf die Probleme, die du als alleinerziehende Mutter hattest, du kannst es auf die ganze Welt schieben, aber die einzige Person, die für das verantwortlich war, was ihm zugestoßen ist, ist Paul. Du kannst es drehen und wenden, wie du willst, aber das ist eine Tatsache."

Er sprang aus seinem Stuhl auf und wollte gehen. „Ich habe veranlasst, dass seine Einäscherung nächste Woche stattfindet. Du solltest aufhören, dir Vorwürfe zu machen, je eher wir alles hinter uns lassen, desto besser."

„Aber so schnell geht das doch nicht, wir müssen Vorbereitungen treffen …", wandte Omi ein, doch Onkel Floyd unterbrach sie, bevor sie ausgesprochen hatte.

„Warum? Wer, außer uns, wird um ihn trauern? Wem willst du mitteilen, dass er tot ist? Niemandem. Du und Bianca, ihr könnt euch Vorwürfe wegen seines Todes machen. Aber außer uns interessiert sich niemand für Paul, und meine Gefühle für ihn haben mich verlassen, als er euch immer wieder ernsthaft in Gefahr gebracht hat."

Mit diesen Worten stürmte er zu seinem Auto. Ich fühlte mich verwirrt und wusste nicht, was ich tun sollte. Sollte ich versuchen, ihn zurückzuholen oder lieber meine Omi trösten, die angefangen hatte zu weinen.

Ich beschloss, sie zu trösten. Ich nahm meine schluchzende Omi in die Arme und versicherte ihr, dass alles wieder gut werden würde.

„Bianca, ich weine, weil alles, was er gesagt hat, die reine Wahrheit ist. Aber wie kann man einem Toten Vorwürfe machen?"

Und dann, anstatt sie zu trösten, weinte ich mit ihr. Sie hatte vollkommen recht.

Alles, was Onkel Floyd gesagt hatte, war richtig. Genau das war das Problem – die Wahrheit tat weh. Und als er aussprach, dass der Tod meines Vaters für uns alle das Beste war, fühlte ich mich noch schuldiger. Auch wenn er recht hatte.

KAPITEL 21

ADOLFO

Wir hörten von Bianca, die bestätigte, was wir bereits wussten. Ihr Vater war tot.

Dad hatte Alessandro gesagt, dass wir uns von Bianca fernhalten sollten, und Alessandro hatte für mich geantwortet. Das verärgerte mich und ich war nicht damit einverstanden.

Ich beschloss Dad anzurufen, sodass wir wie Männer darüber reden konnten. Wir würden einen Weg finden, und wir würden ihm klipp und klar sagen, dass er einer Lösung zustimmen müsste. Und zwar einer Lösung, die uns nicht davon abhalten würde, Bianca zu sehen.

„Adolfo, wo sind deine Brüder?", fragte Dad, als ich die Wohnungstür öffnete. Kein Wie geht es dir, keine Umarmung, nicht einmal ein Händedruck. Er war eiskalt und Rik ragte drohend hinter ihm auf. Er machte es hart, aber ich hatte auch nie erwartet, dass er es uns leicht machen würde.

„Sie sind im Wohnzimmer und warten."

Ich ging zur Seite, damit er eintreten konnte. Obwohl er die Miete bezahlte und so ziemlich alle Möbel in der Wohnung gekauft hatte, war er sehr respektvoll, als ob er nicht das Recht hätte, hereinzukommen. Das war eine Sache bei unserem Vater – er glaubte an Respekt, deshalb wusste ich sofort, als er mich nicht einmal begrüßt hatte, dass er wütend und enttäuscht war.

Mein Herz schlug wie verrückt, als er an mir vorbeiging. Er war zwar etwas kleiner als ich, aber heute fühlte ich mich kleiner, als er eine Sekunde zögerte, als ob er etwas gesehen hätte, bevor er ins Wohnzimmer durchging. In diesem Raum verbrachten wir nur selten Zeit. Das Wohnzimmer war eigentlich immer ordentlich, falls wir mal

Gäste hatten, was in der letzten Zeit nicht oft der Fall gewesen war.

„Also gut, was wollt ihr alle?", fragte Dad, als ich nach ihm das Zimmer betrat. Carlo und Alessandro saßen auf dem Sofa und sahen total verängstigt aus.

Ich atmete tief durch, als sie beide meinem Blick auswichen. Es war ganz klar, dass sie nichts sagen würden. Das war meine Idee gewesen und ich musste das Problem lösen.

Alessandro war völlig durch den Wind. Ich hatte meinen Bruder nie weinen sehen, aber in der letzten Zeit tat er nichts anderes mehr. Sein Schuldgefühl machte ihn fertig, und ich wusste, die einzige Möglichkeit das Problem zu lösen war, sich gegen unseren alten Herrn zu behaupten.

Wann waren meine Brüder von harten Machos zu kleinen Jungs geworden?

Ihnen ist erst jetzt klar geworden, dass unser Vater zur Mafia gehört. Ich hatte echt keine Ahnung, wieso sie lange gebraucht hatten, das herauszufinden – eigentlich war es immer ziemlich offensichtlich gewesen.

Manchmal fragte ich mich, ob wir wirklich Brüder waren.

„Dad, wir wollten dich sehen, um dir zu sagen, dass wir nicht bereit sind, Bianca aufzugeben.“

Es war, als ob ein kalter Wind durch den Raum wehte und uns alle wie erstarrt zurückließ. Niemand sagte etwas, auch Dad nicht, also beschloss ich, weiterzusprechen und meinen Standpunkt klarzumachen.

„Weißt du, wir haben Zeit mit Bianca verbracht. Ich mag sie, ich liebe sie und wir …“

„Ihr könnt jedes Mädchen auf dem Campus ficken. Warum muss es ausgerechnet sie sein?“, unterbrach Dad und nahm seine Sonnenbrille ab.

„Weil wir sie lieben, Dad“, sagte Alessandro. „Ich habe das niemals gesagt, und noch nie so etwas für ein Mädchen empfunden, Dad, aber für sie empfinde ich das.“ Es sah aus, als ob er seine ganze Kraft zusammennehmen musste, um deutlich das zu sagen, was er dachte. Ich hatte eigentlich erwartet, dass er das sofort tun würde, war aber jetzt froh, dass er endlich Eier gezeigt hatte.

Er räusperte sich. „Alessandro, was weißt du schon von Liebe? Du bist beim ersten Anzeichen von Schwierigkeiten abgehauen. Hast du überhaupt über die Konsequenzen nachgedacht?"

„Nein", flüsterte er und wurde wieder zu dem Feigling, der er gewesen war, seit unser Vater den Raum betreten hatte. „Ich habe noch niemals in meinem Leben eine andere Person wichtiger genommen als mich selbst", sagte Alessandro, aber es sah aus, als spräche er mit dem Fußboden. „Ich wollte sie beschützen, mich um sie kümmern. Es war mir egal, wie ich es anstellen würde und ich habe nicht über die Folgen nachgedacht, aber ich habe es getan. Das muss doch auch etwas bedeuten."

Ich mischte mich ein, bevor Dad Alessandro noch mehr beleidigte. „Niemand ist perfekt. Das solltest gerade du wissen. Deine lieben Söhne wollten gar nicht so genau wissen, wer du wirklich bist, dass du jemand bist, der jeden verdammten Tag unsere Leben in Gefahr bringt."

„Wie kannst du es wagen, so mit mir zu sprechen?", brüllte er mich an.

„Was denn, willst du mich etwa auch in einen Plastiksack stecken, wie du es mit Paul getan hast? Oder war das Rik?", fragte ich, als er mich zur Seite stieß, wie einen Abfallsack.

Ich wusste, dass er nicht wollte, dass seine Goldjungen erfuhren, was er so trieb. Es war das am schlechtesten gehütete Geheimnis der Welt, doch die wenigen Male, als ich mit meinen Brüdern darüber sprechen wollte, sagten sie, dass ich zu viel Sopranos geschaut hatte. Ich dachte, dass sie nur Spaß machten – sie liebten es mich ständig hochzunehmen – aber dann kam der Tag, als Alessandro zurück in die Wohnung kam und sagte, dass Dad ihm wehgetan hatte. Ich konnte es nicht fassen, dass sie wirklich keine Ahnung hatten und ich nicht der Dumme in der Familie war. Dieser Preis ging an Carlo und Alessandro. Wie konnten sie es nur nicht wissen. Es war zwar zu spät, jetzt diese Frage zu stellen, aber ich konnte es immer noch nicht verstehen.

„Geht und fickt jedes Mädchen auf dem Campus, ihr nutzlosen Bastarde. Ich habe euch die ganzen Jahre beschützt. Und dann geht ihr hin und stürzt uns in diese ganze Scheiße. Ich habe euch klar und deutlich befohlen, euch von ihr fernzuhalten, und so zahlt ihr es mir zurück! Ihr drei seid nicht mehr meine Söhne. Komm, Rik, wir gehen. Ich kann den Gestank nicht mehr ertragen."

Diesen Satz kannte ich nur zu gut. Dad hatte ihn einmal benutzt, als er vorhatte, unseren Onkel Ron auszuschalten. Er war erwischt worden, wie er der Polizei Informationen gegeben hatte, daher wusste ich, dass Dad den Gestank des Verrats meinte. Eigentlich hätte ich traurig sein sollen, dass wir unseren alten Herrn nicht mehr wiedersehen würden. Allerdings, wenn mal wirklich etwas schiefging, dann würde keiner sich für uns interessieren. Sie verfolgten nur Familienmitglieder, die dem Mann an der Spitze gefährlich werden könnten, nicht den Teil der Familie, mit dem er keinen Kontakt mehr hatte.

Vielleicht hatte ich wirklich zu viele Folgen von The Sopranos gesehen.

Als die Tür ins Schloss fiel, atmeten wir alle wieder auf. Carlo brach als erster das Schweigen.

„Sollten wir heute Abend schon ausziehen, oder warten, bis wir rausgeschmissen werden?", fragte er und ging in die Küche, um etwas zu trinken zu holen.

„Ich glaube, ich bin heute nicht mehr in der Lage, mich damit zu beschäftigen. Denkt daran, wir müssen noch zu der Beerdigung fahren. Wenn er uns morgen rausschmeißt, dann ist es eben so."

Wir hatten gerade mit unserem Vater gebrochen. So etwas hätte ich nie in meinem Leben für möglich gehalten, besonders nicht wegen eines Mädchens. Nun ja, schließlich war es nicht irgendein Mädchen, es war Bianca.

„Ich dachte, er würde in die Luft gehen", sagte Alessandro. Er nahm eine Bierdose von Carlo und lachte darüber, wie unser Vater die Wohnung verlassen hatte.

„Wir sind jetzt verdammt obdachlos, Jungs", sagte ich.

„Ja, und vollkommen mittellos", stimmte Alessandro zu. „Warum sind wir dann so verdammt glücklich?"

Die Antwort lag auf der Hand, das wussten wir alle.

Carlo reichte auch mir ein Bier und wir tranken zusammen und setzten uns dann auf das Sofa, auf dem Carlo und Alessandro noch vor kurzer Zeit so verängstigt gehockt hatten. Doch jetzt strahlten sie und sahen voller Freude in die Zukunft. Jetzt hatten wir gefunden, wonach wir schon so lange gesucht hatten.

„Trinken wir auf unsere Freiheit", sagte Carlo und sprach damit aus, was wir alle empfanden. Jetzt hatten wir nicht mehr unseren Vater im Nacken, der uns ständig kontrollierte, oder unsere Mutter, die uns ständig anflehte, ihn nicht zu verärgern. Ab jetzt hätten wir keinen Kontakt mehr mit ihm, was bedeutete, dass es völlig egal war, was wir mit unserem Leben machten. Zum ersten Mal hatten wir alles unter unserer Kontrolle.

„Auf die Freiheit", sagten Alessandro und ich wie aus einem Munde, stießen mit unseren Bierdosen an und lächelten.

KAPITEL 22

Ich sah zu, wie die Jungs mit Erika zusammen direkt zur Beerdigung kamen, denn es gab keine Trauerfeier. Sie hatte gefragt, ob das ein Problem wäre, weil ich in letzter Zeit nicht mit ihnen gesprochen hatte. Ich sagte ihr, dass es überhaupt kein Problem sei, da sie kamen, um mich zu unterstützen, und es wäre egoistisch von mir, ihnen das zu verbieten. Sie hatten nichts Falsches getan und ich hatte meine Wut an allen ausgelassen, nur nicht an der einen Person, die es verdient hätte, weil diese Person tot war. So sehr ich es auch wollte, an ihm konnte ich gar nichts mehr auslassen. Nein, ich musste mit meinem Leben weitermachen und dankbar sein, dass er mich nicht mit ins Verderben gerissen hatte.

Ich fühlte mich beschissen, so zu denken, und auch diesen Gedanken meiner Omi und Onkel Floyd gegenüber zu äußern, aber die Tatsache, dass mein Vater tot war, bedeutete, dass wir in Sicherheit waren. Er hätte nicht nur seine, sondern auch unsere Seelen an den Teufel verkauft, wenn es ums Glücksspiel ging. Ich hatte mir lange eingeredet, dass er mich liebte, aber als er das letzte Mal zu mir gekommen war, lag die Wahrheit auf der Hand, nur dass ich sie immer noch nicht sehen wollte.

Dad liebte nur sich selbst.

Alessandro kam zu mir und umarmte mich. Er sah traurig aus. Er war unrasiert und nicht so gepflegt wie sonst. Das kam mir seltsam vor.

Nach der Beerdigung kam Adolfo, zog mich an sich und küsste mich. „Ich freue mich, dass es dir gut geht."

Ich schlang die Arme um ihn. „Ich bin sehr froh, dass ihr hier seid."

„Wir sind immer für dich da", sagte er und löste sich von mir. „Wir alle drei. Okay?"

Ich lächelte. „Gut."

Er trat zur Seite und schob mich zu Carlo. Ich fühlte mich wie eine Prinzessin, wie immer, wenn Carlo bei mir war. Er hatte das seltene Talent, einer schlechten Situation etwas Gutes abzuringen.

„Alles wird gut."

Ich nickte zustimmend und wusste, dass meine Männer, alle drei, für mich da waren, egal was passierte.

„Das ist das Gute daran, wenn man in einer Beziehung ist – man schafft es gemeinsam durch die schlechten Zeiten und genießt die guten."

Mein Herz setzte einen Schlag aus, bei jedem Wort fühlte ich mich, als ob ich auf Wolken schwebte. Es gab keine Trauerfeier und niemand, außer meinen Freunden, Omi und Onkel Floyd waren zu der Beerdigung gekommen. Meine Mutter hatte einmal zu mir gesagt, dass eine Beerdigung das Leben eines Menschen widerspiegelte. Niemand hier war wegen meines Vaters gekommen, nur ich. Das beschrieb deutlich, welche Art Mensch er gewesen war und als er begraben wurde, musste ich lächeln und dachte, dass er zum ersten Mal nicht in Schwierigkeiten geriet oder das Leben eines anderen in Gefahr brachte.

Nein, zum ersten Mal stellte er sich seinen eigenen Problemen und fand endlich seinen Frieden.

„Sollen wir alle zum Haus zurückgehen?", fragte Omi, die hinter mir aufgetaucht war.

Sie sah nicht mehr traurig aus, nicht mehr so wie an dem Tag, als ich angekommen war. In der Zeit, die wir zusammen im Haus verbracht hatten, war uns allen klar geworden, dass mein Vater sein eigener schlimmster Feind gewesen war. Wir hatten eingesehen, dass wir ihm nicht helfen konnten, da er niemals Hilfe gewollt hatte.

Ich schüttelte den Kopf. „Nein. Lasst uns irgendwohin gehen."

„Bist du sicher, dass du ausgehen möchtest?", fragte Alessandro. „Ich meine, nach diesem Tag? Es war ein harter Tag für dich."

„Ja, es war ein harter Tag. Niemand war da, um der Beerdigung meines Vaters beizuwohnen oder eine Grabesrede zu halten. Aber verglichen mit den letzten Wochen, war es ein Tag, den ich schnell vergessen kann.

Ich möchte ihn so in Erinnerung behalten, wie er war, als ich noch ein Kind war und glaubte, dass er mich liebte und alles für mich tun würde. Es ist wahrscheinlich nur eine Einbildung, aber es war nicht immer schlecht mit ihm."

„Dein Vater konnte einen ganzen Raum voller fremder Leute unterhalten", stimmte Carlo zu.

„Mit Witzen, und sogar Zaubertricks ...", fügte Omi hinzu.

„Tricks, die nie funktionierten", fuhr Onkel Floyd fort, „aber er wusste das und brachte trotzdem alle zum Lachen. Die Lehrer in der Schule haben immer gesagt, dass er eines Tages Gebrauchtwagenhändler werden würde, weil er mit seinem Charme jeden um den Finger wickeln konnte."

Zum ersten Mal hörte ich, dass Onkel Floyd etwas Nettes über Dad sagte, und mir wurde klar, dass es auch schöne Zeiten gegeben hatte. Ich wollte mehr hören.

„Lasst uns doch in die Pizzeria auf der 31. Straße gehen. Als wir Kinder waren, war das sein Lieblingsrestaurant", schlug Onkel Floyd vor.

„Dort gingen wir auch immer hin, wenn wir in der Stadt waren", stimmte ich zu.

Gesagt, getan. Wir mussten ihm die letzte Ehre erweisen, so wie wir es getan hätten, wenn er noch die Person gewesen wäre, an die ich mich aus meiner Jugend erinnerte. Irgendwann hatte er einen dunklen Weg eingeschlagen und das Licht nicht mehr gefunden, aber jetzt hatte er seinen Frieden.

CARLO

Die letzten Monate waren wie ein ereignisreicher Wirbelwind vergangen. Nach dem Tod ihres Vaters hatten wir herausgefunden, dass Bianca schwanger war – und zwar nicht nur mit einem Baby, sondern mit Drillingen. Sie hatte viele Vorlesungen verpasst und beschlossen, dass sie erst mal nur Mutter sein wollte. Dafür liebten wir sie noch mehr.

Sie hatte herausgefunden, dass sie in ihrem letzten Studienjahr so viele Schwierigkeiten gehabt hatte, weil sie sich nicht mehr so leidenschaftlich für Philosophie interessierte, aber sie wusste, dass diese Leidenschaft eines Tages zurückkehren würde. Sie wollte aber nicht ihren Abschluss machen, wenn sie so mit ihrer Abschlussarbeit zu kämpfen hatte.

Es war, als ob Pauls Tod ebenfalls in Biancas Familie Veränderungen ausgelöst hatte. Nicht nur ihre Omi hatte einen Verehrer gefunden, auch Onkel Floyd ging seit vielen Jahren mal wieder aus.

Was meine Brüder und mich betraf, so mussten wir unsere Wohnung verlassen. Glücklicherweise konnten wir etwas Geld auftreiben, indem wir unsere Möbel verkauften, bevor unser Vater uns offiziell herauswarf und einige Schläger anheuerte, um die Schlösser auszuwechseln. Sogar unsere Mutter hatte uns den Rücken zugekehrt. Das war vorauszusehen; was immer unser Vater sagte, war Gebot, und sie würde sich niemals gegen ihn stellen. Das konnte sie gar nicht. Sie war völlig unter seiner Kontrolle, und das würde sich bis zu ihrem Tod nicht ändern.

Während einer ihrer Schimpftiraden hatte sie uns gewarnt, dass wir eines Tages auch zu Tode geprügelt würden, wie unser Vater es mit Paul gemacht hatte. Die ganze Zeit hatten wir gedacht, dass Rik es getan hatte, aber durch Moms Geständnis hatten wir erfahren, dass unser Vater ihn selbst umgebracht hatte. Das hatten wir vor Bianca geheim gehalten. Es war nicht nötig, ihr das zu sagen; es würde Paul nicht wieder lebendig machen. Außerdem hatte Mom gesagt, dass eine Menge Leute danach bezahlt worden waren. Paul hatte es anscheinend in Kauf genommen, um Geld zu bekommen, dass Bianca, Floyd und Omi getötet worden wären, also hatte Dad sie im Endeffekt beschützt – und uns auch.

So sehr wir sie auch liebten, wussten wir doch, dass sie Dad am meisten liebte. Sie verschloss die Augen vor seinen Fehlern. Wenn sie nicht mehr Teil seines Lebens war, so bedeutete das, dass sie nicht mehr den Lebensstil genießen konnte, an den sie sich gewöhnt hatte. Den wollte sie für nichts und niemanden aufgeben, auch nicht für ihre eigenen Söhne.

Wir fühlten uns wie wiedergeboren, nachdem wir aus unserer Wohnung herausgeflogen waren. Dad konnte allerdings unsere Studiengebühren, die er schon bezahlt hatte, nicht zurückerstattet bekommen. Er hatte es versucht, aber es war ihm nicht gelungen. Also wussten wir, dass wir unseren Abschluss machen konnten und in der Zwischenzeit arbeiten mussten.

Die Ironie des Schicksals wollte es, dass wir jetzt alle drei im Two Sheets arbeiteten, wo wir früher mit unseren Goldkarten gewedelt hatten. Diese Zeiten waren vorbei. Jetzt benutzten wir einmal pro Woche unsere Bankkarte, um einen zu trinken. Mehr ging nicht, wegen unserer gesunden Ernährung und, ehrlich gesagt – mehr konnten wir uns nicht leisten.

Das letzte Studienjahr war hart gewesen, und es war der Sport, der uns gerettet hatte. Wenn der Sport nicht gewesen wäre, dann hätten wir uns richtige Jobs suchen müssen, und um ehrlich zu sein, waren wir alle keine Akademiker. Sport hatte uns durch die Highschool und das College gebracht; wir hofften, dass er uns auch durchs Leben bringen würde.

„Seid ihr bereit, Jungs?", fragte Bianca, die hereinkam. Sie lächelte, als sie uns drei in gleichen schwarzen Anzügen sah.

„Ihr seht einfach toll aus!"

„Das müssen wir auch. Die haben uns ein Vermögen gekostet", sagte Alessandro mit einem tiefen Seufzer.

„Stimmt, es war ganz schön blöd, dass wir unsere ganzen Designermöbel und Klamotten vertickt haben, ohne ein paar Anzüge für uns zu behalten", sagte Adolfo.

„Ja, aber die haben wir sowieso nie angezogen", gab Alessandro zu bedenken. „Sie sind in unserem Schrank verstaubt. Außerdem sagtest du es bereits, Adolfo, nichts ist so befriedigend wie zu wissen, dass man gut aussieht und man hart dafür gearbeitet hat."

„Das kann ich nur bestätigen", fügte ich hinzu und trat einen Schritt zurück, um meine Brüder zu bewundern.

„Schnell, stell dich zu ihnen, damit ich ein Foto machen kann, bevor die Presse kommt."

Wir stellten uns nebeneinander auf und sie schoss das Foto, das sie bereits seit zwanzig Minuten machen wollte. Alessandro war der Eitelste von uns – er hatte eine Ewigkeit unter der Dusche gestanden, sodass Adolfo und ich gerade noch genug heißes Wasser abbekamen. Wir wohnten in einem

Apartment mit zwei Schlafzimmern auf der anderen Seite der Stadt, also mussten wir ziemlich weit fahren, um zum Campus zu kommen, aber das machte uns nichts aus, weil die Wohnung sehr günstig war.

Bianca hatte das zweite Schlafzimmer und jede Nacht schlief einer von uns bei ihr. Manchmal auch zwei, aber wir wussten, dass wir alle drei zu viel für sie waren, besonders in ihrem Zustand. Es ging aber auch nicht jede Nacht um Sex. Oft reichte es mir schon, ihr nach Vanilleshampoo duftendes Haar zu riechen und ihre zarte Haut im Bett zu spüren, damit ich gut schlafen konnte. Wir hatten sehr viel mehr als Sex, und nun trugen wir alle die Verantwortung, ein Teil ihres Lebens und dem unserer Babys zu sein.

„Ich kann es kaum glauben, dass wir heute unseren Abschluss machen", sagte ich, als wir aufhörten herumzualbern und Bianca einräumte, dass sie nun mehr als genug Fotos gemacht hatte.

„Oh ja. Eigentlich sollte ich heute auch meinen Abschluss machen."

„Bereust du es?", fragte ich. „Wir haben doch darüber gesprochen und du sagtest, dass du noch nicht bereit bist und eine Pause brauchst?"

„Ich wusste nicht, dass ich schwanger war. Aber ja, ich freue mich, eine Mutter zu sein, besonders mit drei so heißen Vätern."

Ich konnte nicht länger warten. Ich war viel zu aufgeregt. Meine Brüder und ich hatten eigentlich geplant, ihr die Frage nach der Abschlussfeier zu stellen, aber wir standen gerade dort, hielten uns alle in den Armen und fühlten uns total emotional, da beschloss ich, sie lieber jetzt zu fragen als später. Wir glaubten zwar, dass sie ja sagen würde, aber wir konnten nicht sicher sein, bis ich die Frage gestellt hatte.

Ich löste mich aus der Umarmung und meine Brüder taten es mir gleich. Adolfo nickte mir zu, als wolle er sagen, dass ich es tun sollte.

„Bianca Young, willst du mich heiraten?" Ich sank auf ein Knie hinab, als ich die Frage stellte.

Sie blinzelte verwirrt, als wüsste sie gar nicht, was los war, also wiederholte ich die Frage. Sie hatte ihre braunen Augen weit aufgerissen und den Mund geöffnet. Sie hatte die Arme noch immer leicht angehoben, als ob sie uns noch umarmte.

Was war los?

Dann schien es, als hätte sie eine Erleuchtung, als Adolfo sich ihr näherte und fragte: „Hast du gehört, was er gesagt hat?"

Sie nickte. „Du … wir … ich …"

„Ja", sagte Alessandro leise. „Carlo war der erste von uns, der mit dir ausgegangen ist. Er war derjenige, der dich von Anfang an wollte, darum wollen wir wissen, ob du ihn heiraten, unsere Babys bekommen und unseren Namen tragen möchtest?"

Sie sprang empor und schlang die Arme um ihn. „Ja. Ich kann es kaum glauben. Ich meine … Ja."

Dann schob sie Alessandro zur Seite und umarmte und küsste mich. Ich musste lachen, weil ich versuchte, ganz sanft und vorsichtig mit ihr umzugehen, aber sie bei Weitem nicht mit mir.

„Ich liebe dich, Carlo Russo."

„Ich liebe dich mehr", sagte ich und küsste sie innig.

„Nur weil er derjenige ist, der mit dir vor den Traualtar tritt, bedeutet das nicht, dass wir dich weniger lieben", wandte Adolfo ein, und versuchte, Bianca von mir zu lösen und seine Lippen auf ihren Mund zu legen.

Alessandro wollte ebenfalls nicht ausgelassen werden, also tat er das Gleiche wie Adolfo und sofort küsste sie auch ihn.

Unsere Sportkarrieren würden uns in verschiedene Richtungen führen, aber eines war sicher – wir alle liebten die gleiche Frau, wir wollten ein Haus kaufen, das wir alle teilen würden, und unserer Kinder als Familie großziehen. Die Familie, die wir uns schon so lange wünschten, und nicht eine lieblose Familie, wie wir sie mit unserem Vater erlebt hatten. Wir wollten eine richtige Familie voller Liebe und nichts anderem. Mehr konnten wir uns nicht wünschen und wir waren dankbar, dass wir die eine Frau gefunden hatten, die uns zu Männern werden ließ. Eine Frau, die uns beibrachte zu lieben, und das ist Bianca.

###Ende###

. . .

Sexy Bücherwelten - Liebesromane mit Schuss

Für alle, die nicht bekommen von aufregenden, sexy Liebesgeschichten mit dem gewissen Etwas.

Gegründet von den Autorinnen
Mila Young
Sarwah Creed

Facebook Page ——https://www.facebook.com/SexyBuecherwelten/
Facebook Group - https://www.facebook.com/groups/SexyBucherweltenCrew/

Ist mein perfekter Partner auf dem Campus ein Mann oder sind es drei?

Ich hatte eine schmutzige Fantasie. Eine, die so versaut war, dass ich in der Nacht vor dem College den wildesten Traum hatte, in dem mir der All-Star-Footballer zu Füßen fiel. Ich wurde in die Realität zurückgeholt, als ich bald herausfand, dass das Leben an der NYU nicht so verlief, wie ich es mir erhofft hatte. Alle sozialen Vereine, denen ich beitrat, waren eine Pleite, und meine Mitbewohnerin stellte sich nicht gerade als meine Freundin heraus, sondern eher als eine Tyrannin, von der ich mich so weit wie möglich entfernen musste.

Plötzlich bekam ich eine Nachricht.

Keine gewöhnliche Nachricht, sondern eine, die so schmutzig war, dass sie meinen kompletten Verstand durcheinanderbrachte.

Die Nachricht verwirrte mich.

Also antwortete ich.

Und so begann die Beziehung zu meinem virtuellen Freund. Als die Nachrichten immer schmutziger wurden, gab es nur eine Sache, die mir durch den Kopf ging ... Wer war dieser Typ?

Oder waren es drei Typen?

Der Ton der Nachricht änderte sich je nach Tageszeit.

Die, die ich morgens bekam, waren so heiß, dass sie Stahl zum Schmelzen bringen könnten.

Die am Nachmittag waren noch besser, aber einfach ... anders.

Und die Nachrichten, die ich abends bekam,

waren so verdammt schmutzig, dass ich kaum schlafen konnte, ohne meine Hände zwischen die Oberschenkel zu legen.

Sie waren so süchtig machend, dass ich zustimmte, diesen Nachrichten-Casanova persönlich zu treffen. Eine Sorge hatte ich allerdings.

Was ist, wenn es drei Typen waren?

Was sollte ich mit allen drei auf einmal machen?

Anmerkung des Autors:

Drei Männer für Celia ist ein eigenständiger Reverse-Harem-Roman mit einer Mischung aus Mobbing, Romantik, Humor und sogar Spannung. Es gibt mehrere versaute Szenen, achte also darauf, dass nicht nur dein Kindle bereit ist, sondern auch ein Handtuch in der Nähe liegt, wenn du das Happy End liest.

Hallo Lovely,

Ich hoffe, dass du ein gutes Jahr hast. Ich bin so froh, dass du mein Buch in die Hand genommen hast. Das macht mich so stolz.

Wenn dir dieses Buch gefällt und du gerne ein signiertes Exemplar meines Taschenbuchs hättest oder alle meine Bücher zu einem reduzierten Preis kaufen möchtest, dann zögere bitte nicht, meinen Shop zu besuchen:

https://sarwahcreed.com/collections/deuscthe

Danke!